FABLIAUX COQUINS

Fabliaux Coquins

(pour grandes mains)

© 2021 – Domaine Public
Édition : BoD – Books on Demand,
12/14 rond-point des Champs-Élysées, 75008 Paris
Impression : BoD - Books on Demand,
Norderstedt, Allemagne

Illustration : Gabrielle d'Estrées et sa sœur, duchesse de Villars,
Ecole de Fontainebleau

ISBN : 9782322388639
Dépôt légal : Novembre 2021

INTRODUCTION

A) *La poésie médiévale*

Le **Dit** ou **Ditié** était une pièce de poésie qui contenait un enseignement, une instruction, ou le récit d'un fait, c'est-à-dire d'une belle ou d'une mauvaise action.
Les **Lais** étaient des récits d'aventures, dont le but était ordinairement de louer quelqu'un, ou de le blâmer, en vue de le corriger.
Les **Complaintes** avaient pour objet quelque triste aventure, et servaient à témoigner les regrets de la mort de quelqu'un, ou à déplorer son triste sort. Mais les pièces les plus communes, et vraisemblablement les plus anciennes, étaient les **Chansons** ou les **Contes** (dont les **Fabliaux**).

Les **Chansons** fort en vogue, surtout dans le XIII° siècle, étaient de diverses sortes, et portaient différents noms. Il y en avait de pieuses, d'amoureuses et de badines.
Les **Sonez**, forts différents des Sonnets que nous connaissons de la Renaissance et la période classique, étaient une de ces espèces de Chansons.
Au XIV° siècle, coexistaient Virelais, Balades et Servantois. Les **Virelais** étaient composés de trois couplets ou strophes, et presque toujours d'un refrain à la fin de chaque couplet. Les **Balades** ne différaient en rien du Virelai, selon Eustache Morel, surnommé Deschamps, poète du XIV° siècle, auteur d'un *Art de faire Chansons, Balades, Virelais et Servantois*.
Les **Servantois** ou **Sorvantois** étaient, quant à eux, des sortes de Chansons suppliantes, ce caractère particulier étant à l'origine de ce nom. Il y en avait de pieuses adressées à la sainte Vierge, et d'autres amoureuses. Les **sottes Chansons** étaient comme les Servantois, mais satiriques.

Les contes ou récits d'aventures gaies, vraies ou fausses, pour divertir et amuser, se nommaient Fabel, Fablel, ou **Fabliau**. Les anciens poètes français (trouvères ou ménestrels) employaient, dans leurs compositions, des vers de différentes mesures. On en trouve de six pieds, de cinq, de quatre et de deux pieds et demi (!) ; mais dans leurs grands vers de dix ou douze syllabes, soit cinq ou six pieds, ils n'étaient pas forts exacts observateurs de la césure.

Leurs vers sont rimés, comme ceux d'aujourd'hui[1]. Si tout ne rimait pas forcément, ces poètes se donnaient la licence de faire rimer en corrompant, suivant le besoin, la terminaison des mots. Ils faisaient ainsi rimer Pierre avec pardon, en disant *Pierron* ; Charles avec repos, en corrompant le prénom, et le prononçant *Challos*, ou *Charlot*. Ce n'était pas à l'égard des noms seuls qu'ils pratiquaient, mais aussi pour tous les autres mots, dont ils changeaient et altéraient sans aucun scrupule la forme pour l'ajuster à leur rime. Ainsi, Jean de Mehun, dans son Roman de la Rose, fait rimer *aime* avec *vilain*, en changeant le verbe en *ain* :

Gentillesce est noble, et si l'ain
Qu'el n'entre mie en cuer vilain.

Une aussi grande licence ne contribue pas peu à les rendre difficiles à entendre. Ceux qui ont fait des poèmes épiques en alexandrins sont encore plus ardus, parce qu'ayant voulu quelquefois faire jusqu'à cinquante ou soixante vers de la même rime...
De même, ils ne distinguaient pas la rime masculine de la féminine, comme depuis le XVII° siècle, soit après Clément Marot.

C'est dans les Fabliaux surtout, que ces poètes font paraître le plus de génie. On y trouve une heureuse simplicité, des narrés intéressants, des images vives, des pensées fines, des expressions énergiques, une agréable variété, de la conduite et de l'ordonnance, mais aussi parfois une liberté quasi-totale de ton, comme dans le *Pet au Vilain*, l'*Écureuil, Estormi*, etc.
Non seulement ces Fabliaux ont été lus et appréciés, mais on n'a pas dédaigné de les copier quelquefois, ou du moins d'emprunter d'eux le fond de leurs plus ingénieuses productions[2]. Au point que même Boccace, lorsqu'il étudiait à l'Université de Paris, en avait lus, et a su en tirer profit. Son *Décaméron* renferme plus de dix nouvelles absolument semblables, ou presque toutes composées des seuls Fabliaux qui se lisent dans le manuscrit de l'Abbaye de St-Germain-des-Prés. La *sainte Léocade* du même manuscrit, et le *Fabliau de Charlot le Juif*, n'ont pas été inconnus à Rabelais. L'un et l'autre lui ont fourni, selon toutes les apparences, ses longues et fréquentes tirades sur les Papelards[...] De même, on ne peut douter que Molière n'ait lu le même manuscrit et le Roman des Sept Sages de Rome, et qu'il ne s'en soit servi pour composer une de ses principales

---

1   Cela leur permettait de mémoriser et retrouver le texte d'après les rimes. Cela explique, également, dans les textes donnés ici en prose, les répétitions, tant dans le paragraphe ou strophe, que dans des passages successifs.
2   Mes lecteurs, habitués aux histoires de Nasr Eddin Hodja, y retrouveront certaines traces incontestables.

scènes de son *Georges Dandin*[...] En lisant le *Fabliau du Vilain Mire*, on aura de la peine à se persuader qu'il ne lui ait point servi pour composer sa comédie du *Médecin malgré lui*. La Fontaine a également puisé son inspiration chez ces trouvères ; ses *Contes des Rémois, du Cuvier*, et *du Berceau*, ne sont que des traductions, mot à mot, des *Fabliaux de Constant Duhamel, du Cuvier, de Gombert et des deux clercs*. Pareillement, Balzac s'en est inspiré dans ses *Contes drôlatiques*.

L'usage où étaient nos anciens poètes de nommer toutes les choses naturelles par des termes que la politesse a bannis depuis du langage, les fait passer pour grossiers et obscènes ; mais on ne fait point attention que cet usage ne leur était pas particulier, et que ces mêmes termes qu'on leur reproche, étaient employés sans scrupule par les personnes les plus graves et les plus polies. On s'exprimait ainsi dans les siècles éloignés de nous. On n'était point scandalisé des mots, ni des choses qu'ils signifiaient ; on ne se scandalisait que du mauvais usage qu'on en faisait, et des mauvaises actions qui indiquaient la corruption du cœur. On était alors plus simple, et par conséquent moins mauvais.

B) *Fables et fabliaux*

a) Une **fable** est un court récit en vers ou en prose qui vise à donner de façon plaisante une leçon de vie. Elle se caractérise souvent par un récit fictif de composition naïve et allégorique mettant en scène des animaux qui parlent, des êtres humains ou d'autres entités à l'aspect animal, mais personnifiés. Une morale est exprimée à la fin ou au début de la fable. Celle-ci est parfois implicite, le lecteur devant la dégager lui-même.

Le mot fable vient du latin *fabula* (« propos, parole »), qui désigne le fait de parler en inventant (d'où dérive aussi le terme « fabuler »). En grec, il n'y avait pas non plus de mot spécial pour nommer le genre de la fable, qui était désignée par le mot signifiant récit : μύθος (qui a donné le mot « mythe »[3]). Pour référer au genre, l'usage se répand très tôt de désigner les fables comme des *aesopica* (littéralement : « propos d'Ésope »), ce qui se traduira au Moyen Âge par *ysopets* ou *isopets*.

La fable est une forme particulière d'*apologue*, qui désigne tout récit à portée moralisante. Elle se distingue de la *parabole*, qui met en scène des êtres humains et laisse le sens ouvert à la discussion. Elle se distingue aus-

---

3   Voir les *Hécatomythia* d'Abstemius.

si de l'*exemplum*, qui est un récit présenté comme véridique. Elle est distincte enfin du *fabliau*, qui est un conte satirique ou moral, souvent grivois, dont le genre s'est épanoui en France entre le XIIe siècle et le XIVe siècle.

b) Le **fabliau** (du picard, lui-même issu du latin *fabula* qui donna en français « fable », signifie littéralement « petit récit ») est le nom qu'on donne dans la littérature française du Moyen Âge à de petites histoires simples et amusantes, définies par Joseph Bédier comme des contes à rire en vers.
Leur vocation est de distraire ou faire rire les auditeurs et lecteurs, mais ils peuvent prétendre offrir une leçon morale, parfois ambiguë.

Les fabliaux sont donc de courts récits populaires, parfois en vers, le plus souvent satiriques. Ils commencent généralement par une phrase d'introduction du narrateur et se terminent par une morale.
Même s'ils comportent une visée morale, celle-ci n'est souvent qu'un prétexte. Les fabliaux visent la plupart du temps surtout à faire rire. Pour cela, ils recourent à plusieurs formes de comiques :
— comique de gestes : coups de bâton, chutes…
— comique de mots : répétitions, patois, jeux de mots, expressions à double sens, quiproquo…
— comique de situation : le trompeur trompé, renversement de rôles maître-valet, mari-femme…
— comique de caractère : crédulité, hypocrisie, gloutonnerie…

Ils comportent très souvent une satire sociale, qui concerne de façon récurrente les mêmes catégories sociales : les moines, les vilains (paysans), les femmes.

Au début du XXe siècle, le philologue français Joseph Bédier estimait à près de 150 ces récits écrits entre 1159 et 1340, en majorité dans les provinces du nord-Picardie, Artois et Flandre (langue d'oïl). Une partie de leurs sujets appartient au patrimoine de tous les pays, de tous les peuples et de toutes les époques ; certains sujets sont apparus spécifiquement en Inde ou en Grèce ; mais la plus grande quantité de ces fabliaux est née en France, ce que prouvent soit les particularités des mœurs décrites, soit la langue, soit les indications de noms historiques ou encore d'événements.

Les auteurs en sont des clercs menant une vie errante, clercs gyrovagues ou clercs goliards, des jongleurs, parfois des poètes ayant composé d'autres façons, des poètes-amateurs appartenant à des ordres différents du clergé. Dès lors, bon nombre de fabliaux sont anonymes et, si nous connaissons certains auteurs par leur nom, c'est là que se limite notre science.

Le public auquel s'adressaient les auteurs des fabliaux appartenait surtout à la bourgeoisie (même si parfois ces fabliaux pénétraient la haute société). C'est pourquoi leur conception du monde reflète majoritairement l'esprit de la bourgeoisie. Dans la forme des fabliaux on ne trouvera ni perfection, ni variété : la versification est monotone avec ses vers octosyllabiques – ou décasyllabiques – disposés par deux (ou encore disposés de la manière la plus simple), les rimes sont plates et souvent incorrectes et le style tend vers la négligence voire la grossièreté. Ce qui caractérise le récit c'est la concision, la rapidité, la sécheresse, et l'absence de tout pittoresque. Pour donner aux fabliaux une certaine dignité littéraire on ne trouve que la rapidité dans l'action et la vivacité des dialogues.

C) Les conteurs : trouvères, ménestrels et goliards

1) Les ménestrels ou ménestriers

Le ménestrel faisait partie des domestiques des cours seigneuriales (littéralement, leur nom, qui vient du bas-latin ministralis, serviteur, signifie justement petit domestique) et sa tâche était de distraire le seigneur et son entourage avec des chansons de geste (histoires qui parlaient de pays éloignés ou qui racontaient des événements, réels ou imaginaires) ou leur équivalent local.

Les cours seigneuriales devenant plus raffinées et plus exigeantes, les ménestrels y furent finalement remplacés par des troubadours et beaucoup se firent ménestrels errants, s'adressant au public des villes. Sous cette forme, l'art des ménestrels a continué à être exercé jusqu'au milieu de la Renaissance, bien qu'il n'ait cessé de décliner dès la fin du XVe siècle. À partir du XIVe siècle, il fait partie d'une corporation, la ménestrandise.

À Paris, la plupart d'entre eux fait partie d'une corporation ancienne, dite « corporation Saint-Julien des Ménétriers », créée en 1321 dont les statuts ont été confirmés le 24 avril 1407. La corporation possède son hôpital et sa chapelle Saint-Julien-des-Ménétriers. Comme dans toute corporation, on y distingue les apprentis et les maîtres, qui ont passé les épreuves de la maîtrise. À leur tête était le « roi des ménétriers » (certains furent assez célèbres, tels Guillaume Dumanoir ou Louis Constantin).

Il y avait aussi des joueurs d'instruments indépendants, qui travaillaient hors de la corporation (notamment, les organistes des églises, les maîtres de clavecin, de flûte, etc. qui apprenaient leur instrument aux bourgeois et aux nobles). Les instruments des ménétriers sont le plus souvent le violon, la flûte, le hautbois, la musette, la vielle, la trompette, la saqueboute[4]. Beaucoup d'entre eux pouvaient jouer de plusieurs instruments (typiquement : hautbois et violon).

Après de multiples procès perdus qui lui avaient été intentés par Lulli, les violons du roi, les musiciens de l'opéra, les principaux compositeurs et les instrumentistes les plus en vue se produisant au concert spirituel, la corporation est supprimée en 1776

2) Les trouvères et troubadours

Le trouvère est un poète et compositeur de langue d'oïl au Moyen Âge (les trouveresses sont les femmes trouvères). Il est l'équivalent du troubadour poète et musicien de langue d'oc.
Les troubadours sont apparus avant les trouvères, ces derniers copiant et modifiant par la suite le système les premiers.

Les trouvères composaient des chants qu'ils pouvaient interpréter ou faire jouer. Un musicien qui chante des poésies, s'accompagnant d'une vièle, est appelé un jongleur. Des ménestriers ou ménestrels sont formés dans des écoles spécialisées de ménestrandie. De culture d'oïl, dans le Nord de la France, pendant le Moyen Âge, cet essor correspond à l'œuvre des troubadours, de langue d'oc, dans le sud de la France.

Les trouvères utilisent la langue d'oïl au lieu du latin, qui commence à se perdre dans le domaine de la poésie, et contribuent par là à la création d'une poésie en langue française (passant par le roman). Les trouvères inventent leurs mélodies et les accompagnent de ritournelles instrumentales. Ils écrivent, sur le thème de l'amour courtois (qui décrit la façon de se tenir en présence d'une femme), des pièces chantées le plus souvent par des chevaliers liés par le serment de l'hommage à leur femme mais aussi des exploits chevaleresques.

---

4   La sacqueboute, ou saqueboute, saquebutte, ou saqubute, est un instrument de musique à vent, ancêtre du trombone.

Les trouvères utilisent plusieurs genres de poésie. Ce sont entre autres le rotrouenge, chanson à refrain, le serventois, chanson badine, le rondeau, la tenson ou le débat, le jeu-parti, discussion poétique ou amoureuse, la pastourelle, dialogue champêtre. C'est toujours d'amour courtois qu'il s'agit. Mais il y a également le lyrisme satirique de Rutebeuf.

Quelques trouvères célèbres : Adam de la Halle ; Audefroi le Bâtard ; Baudouin de Condé ; Bertrand de Bar-sur-Aube ; Chardon de Croisilles ; Jean de Condé, son fils ; Blondel de Nesle ; Jean Bodel ; Gace Brulé ; Charles d'Orléans ; Conon de Béthune ; Le Châtelain de Coucy ; Eustache Le Peintre (ou de Reims) ; Gauthier de Coincy ; Gillebert de Berneville ; Huon de Villeneuve ; Jacques de Cysoing
Jehannot de Lescurel ; Othon de Grandson ; Pierre Mauclerc ; Robert de Blois ; Rutebeuf ; Thibaut IV de Champagne ; Watriquet de Couvin ; Richard Cœur de Lion

3) Les Goliards

Les Goliards sont traditionnellement désignés comme étant des clercs itinérants (latin : clerici vagantes ou clerici vagi) des XIIe et XIIIe siècles qui écrivaient des chansons à boire et des poèmes satiriques (et parfois d'amour) en latin. Ils étaient principalement issus des écoles puis des universités de France, d'Italie, d'Angleterre et de l'Empire, et protestaient contre les contradictions grandissantes au sein de l'Église, telles que l'échec des Croisades et les abus financiers, ainsi que contre certains écarts de la royauté et de la noblesse. Ils s'exprimaient en latin à travers la chanson, la poésie et la représentation théâtrale. De nombreux poèmes de l'ensemble des Carmina Burana appartiennent à ce mouvement.

Il est difficile de connaître précisément qui étaient les individus nommés goliards, compte tenu du fait que la majorité des textes qui nous sont parvenus et qui sont considérés comme relatifs à la poésie des goliards sont anonymes ou affublés d'un pseudonyme (Primat, Archipoète,…) rendant inefficace toute tentative d'identification par les historiens. Le sujet, longtemps vu comme singulier et distrayant, n'a généralement, sauf quelques ouvrages, été traité qu'en marge d'autres sujets concernant les populations estudiantines à l'époque médiévale.

Les Goliards étaient vraisemblablement des étudiants majoritairement de droit. En effet, le passage de l'état de béjaune à celui de clerc se passait au sein de la Basoche[5] (anciennement Bazoche). Or, qui n'avait pas subi ces épreuves de béjaunage, ancêtre du bizutage moderne, n'était ni reconnu, ni estimé au sein de l'Université ?

Les basochiens, comme ils se nommaient, possédaient une structure très puissante, étendue au-delà de la France, comme en témoigne encore actuellement un Ordre de la Basoche dans la ville de Liège en Belgique. Ils sont généralement reconnus comme les principaux créateurs du théâtre ainsi que de nouvelles façons de pratiquer les spectacles. Loin d'être opposés à l'Église, car c'est en jouant des scènes à caractère religieux qu'ils débutèrent sur les planches au cœur même de ces bâtiments, ils se retrouvèrent rapidement sur les parvis où ils étoffèrent bientôt leur répertoire de pièces satiriques et impertinentes. Leurs attaques ciblèrent jusqu'aux plus grands ; le Roi de France lui-même ne fut pas épargné.

Les interdits commencèrent dès lors à tomber, et ils durent se scinder. Ils créèrent la troupe de théâtre « Les Enfants sans souci », qui n'était en somme qu'une antenne de la Bazoche. Il est probable que, avant que l'idée de la troupe ne leur vînt, ils enfantassent les Goliards, ces clercs itinérants dont la réputation devint rapidement synonyme de mauvaise vie, et qu'ils s'empressassent d'ajouter à leurs statuts que nul clerc de la Bazoche ne pouvait être ni Goliard, ni marié.

La tradition littéraire ecclésiastique fait dériver ce terme du combat philosophique qui opposa Pierre Abélard[6], professeur en théologie renommé de l'Université de Paris, et saint Bernard de Clairvaux. Abélard était aimé par ses étudiants et ceux-ci soutinrent sa cause en s'emparant du nom à leur profit. Le mythique évêque Golias dont ils se prétendaient issus n'était donc autre que Pierre Abélard, dressé pour faire valoir leur position d'étudiants cultivés et de gros buveurs parodiant les autorités politiques et ecclésiastiques.

La poésie goliardique a eu une réelle influence dans la littérature. En effet,

---

5   La basoche était une corporation d'étudiants, de juristes comprenant notaires, huissiers, juges, avocats, procureurs et gens de justice et résidant au Palais royal de l'île de la Cité (actuel Palais de justice), sous l'Ancien Régime. Le terme de « basoche » vient du mot latin basilica, lui-même issu du grec ancien βασιλική basiliké ; les membres de la guilde étaient désignés sous le nom de clercs de la basoche ou basochiens.
À noter qu'un quartier de la ville de Pavillons-sous-Bois (93) s'appelle la Basoche.
6   Celui d'Abélard et Héloïse, oui.

elle s'écrivait le plus souvent en vers latins suivant une prosodie plus naturelle basée sur les accents toniques, et contribua à libérer la poésie latine du carcan de la prosodie grecque. Ce mouvement littéraire permit l'émergence d'une nouvelle forme de versification sacrée en latin, comme le Dies iræ de Thomas de Celano ou le Pange Lingua de Thomas d'Aquin qui adoptent les formes latines poétiques que les Goliards avaient contribué à développer. Le XIIe siècle voit également se développer l'abandon de l'ancienne poésie métrique latine – fondée sur les mètres des mots – au profit de la poésie rythmique – fondée sur le rythme et le nombre de syllabes par vers – et rimée.

Le mot « goliard » perdit ses connotations cléricales en passant dans la littérature française et anglaise du XIVe siècle avec le sens de jongleur ou de ménestrel itinérant. C'est ainsi qu'il faut l'entendre dans Pierre le laboureur et chez Chaucer.

Principaux Goliards : Huon ou Hugues d'Orléans, dit Primat ; L'Archipoète de Cologne ; Gautier de Châtillon ; Hildebert de Lavardin ; Philippe le Chancelier ; Pierre de Blois ; Rutebeuf.

D) Le présent ouvrage

Ainsi que nous l'avons vu plus haut, souvent, les fabliaux ne sont pas signés, colportés de bouche en bouche. De même, la musique d'accompagnement jouée par les ménétriers n'a pas été imprimée, en général. Elle se transmettait par tradition orale, ou notée sommairement sur des feuilles ou des cahiers. Ses sources sont rarissimes et cette musique est donc majoritairement perdue.

Cependant, certains se présentent dans leur fabliau ; d'autres sont identifiés, comme Rutebeuf, par exemple.
Dans cet ouvrage, nous avons ainsi recensé :
— **Boivin de Provins**, XIII° siècle
— **Eustache**, Hustache ou Wistache *d'Amiens,* serait né en 1203.
— Hugues, **Hugon**, Hue ou Huon **Piaucèle** ou Piaucelle ; on ne sait rien sur lui, sauf qu'il serait du nord de la France, au XIII° siècle.
— **Pierre d'Anfol**
— **Rutebeuf** (ca 1230-1285)
— **Jean** ou **Jehan Bodel**, (ca 1165-1210), vécut à Arras.
— **Gautier le Leu** (né vers 1210), parfois appelé **Gautier le Long,** origi-

naire du comté de Hainaut (Belgique actuelle).
— ***Guérin*** ou ***Garin*** (?)
— ***Enguerrand d'Oisy*** ou ***Engerrans li Clers d'Oisi*** (XIIIe siècle).
— ***Jean le Chapelain*** (?).
— ***Jean de Condé***

À noter. Parmi la multitude de fabliaux amassés, ceux recensés ici sont plutôt osés, grivois, la tromperie visant toujours à l'adultère ; parfois scatologiques.

Un deuxième volume devrait sortir, avec des fabliaux à mettre dans toutes les mains, du style farce. Enfin, un troisième volume est envisagé avec les superbes lais de Marie de France. Et un quatrième, s'apparentant bien plus au conte, pour petites mains donc.

Boivin de Provins

C'était un joyeux drille que Boivin. Il décida un jour d'aller à la foire de Provins et de faire parler de lui. Réalisant aussitôt son projet, il s'habilla de bure grise : tunique, surcot et cape étaient de la même étoffe, à ce qu'il me semble ; il mit une coiffe en bourre de laine ; ses souliers qui n'avaient pas de lacets étaient en cuir de vache dur et solide. En homme fort rusé (un mois et plus il avait laissé pousser sa barbe sans la raser), il prit en main un aiguillon pour avoir mieux l'air d'un paysan. Il acheta une grande bourse où il mit douze deniers : c'était tout ce qu'il possédait.

Il vint dans la rue aux putes, juste devant la maison de Mabile qui se connaissait en ruse et tromperie plus qu'aucune femme de l'endroit. Là, il s'assit sur un tronc qui était tout près de la maison. À côté de lui, il posa son aiguillon et tourna un peu le dos à la porte. Écoutez ce qu'il fit ensuite.

— Par ma foi, fit-il, oui vraiment, puisque me voici hors de la foire, en un lieu sûr, loin des gens, je devrais bien, étant tout seul, compter mon argent. C'est ce que font les gens sensés. J'ai tiré de Rouget trente-neuf sous ; douze deniers sont revenus à Giraud qui m'a aidé à vendre mes deux bœufs. Puisse-t-il pendre au gibet, lui qui a retenu mes deniers ! Il en a retenu douze, le salaud, et pourtant je lui en ai fait du bien ! Mais c'est comme ça : rien d'autre à faire ! Il viendra me demander mes bœufs quand il voudra labourer sa terre et qu'il devra semer son orge. Maudite soit ma gorge s'il reçoit jamais de moi un service ! Je pense bien lui rendre la pareille. Honte sur lui et toute sa famille !
« Mais j'en reviens à mon affaire. J'ai tiré de Sorin dix-neuf sous : pour ceux-ci je n'ai pas été idiot, car mon compère maître Gautier ne m'en aurait pas donné autant de deniers que j'en ai eu du moins bon. C'est pourquoi il fait bon vendre au marché. Il aurait voulu aussi que je lui fasse crédit. Voilà tout ce que j'ai : dix-neuf sous et trente-neuf, c'est ce que j'ai vendu mes bœufs. Mais, mon Dieu, je ne sais pas combien tout cela fait ! Si j'additionnais le tout, je ne saurais faire le total. Quand bien même on devrait m'assommer, je n'y arriverais pas d'ici des mois, à moins d'avoir

des fèves ou des pois, chaque pois valant un sou : ainsi je connaîtrais le total.

« Et pourtant Sirou m'a dit que j'ai eu pour les bœufs cinquante sous : il les a comptés, il les a reçus. Mais je ne sais pas s'il m'a trompé et s'il m'en a volé une partie, car deux setiers de blé, ma jument, mes cochons et la laine de mes agneaux m'ont rapporté tout autant. Deux fois cinquante, ça fait cent : c'est ce que m'a dit un garçon qui a fait mon compte ; cinq livres, voilà à quoi se monte le total. Maintenant je n'aurai de cesse, pour aucune peine au monde, que ma bourse qui est bien pleine ne soit vidée dans les replis de mon giron.

Et les marlous de la maison de dire :
— Viens par ici, Mabile, écoute ! Ces deniers sont à nous sans aucun doute, si tu fais entrer ce péquenot : ils ne sont pas à leur place dans sa poche !
— Laissez-le tranquille, répondit Mabile, car il ne peut plus m'échapper. Tous ces deniers, je vous les dois. Crevez-moi les yeux, je l'accepte, s'il en manque un seul.

Mais la partie tournera autrement qu'elle ne le croit, à mon avis, car le paysan ne comptait et ne rassemblait que les douze deniers qu'il possédait. Il compta et recompta tant et si bien qu'il dit :
— Il y a bien cinq fois vingt sous. Désormais, il est bien normal que je veille sur eux, c'est la sagesse même. Mais je pense à une chose : si j'avais maintenant ma chère nièce, la fille de ma sœur Tièce, elle disposerait de mon argent. Elle a commis la folie de s'en aller hors du pays, dans une autre région, et je l'ai fait rechercher des jours et des nuits, en maint pays, en mainte ville. Ah ! chère nièce Mabile, vous étiez d'un si bon lignage ! D'où a pu vous venir cette idée ? Maintenant, ils sont tous morts, mes trois enfants et ma femme, dame Siersant. Jamais mon cœur ne connaîtra la joie avant que je ne revoie ma chère nièce, à aucun moment. Alors je me ferais moine blanc, elle disposerait de ma richesse et pourrait faire un riche mariage.

C'est ainsi qu'il la regrettait et qu'il la pleurait.

Et Mabile sortit à ce moment pour s'asseoir à côté de lui :
— Brave homme, dit-elle, d'où êtes-vous ? Quel est votre nom ?
— Je me nomme Fouchier de la Brousse. Mais vous, vous ressemblez à ma chère nièce plus qu'aucune femme au monde.
Elle s'évanouit sur le tronc. Quand elle se releva, elle dit seulement :
— Maintenant j'ai tout ce que je désire.
Elle lui sauta au cou, le prit dans ses bras, puis elle lui embrassa la bouche et le visage, sans paraître s'en rassasier. Et notre homme, qui était passé maître en fourberie, serrait les dents, puis soupirait :
— Chère nièce, je ne puis vous dire la grande joie que j'ai au cœur. Êtes-vous la fille de ma sœur ?
— Oui, sire, de dame Tièce.
— Pendant longtemps, à cause de vous, fit le paysan, j'ai été privé de joie.

Il la serra contre lui et la couvrit de baisers. Ainsi tous deux s'abandonnaient-ils à la joie. Deux marlous sortirent alors de la maison et s'avancèrent dans la rue :
— Ce brave homme, firent-ils, est-il natif de votre ville ?
— Oui, dit Mabile, c'est mon oncle dont je vous avais dit tant de bien.
Et, se tournant un peu vers eux, elle tira la langue et fit la moue, à quoi les marlous répondirent par une grimace :
— Est-ce bien votre oncle ?
— Oui, vraiment.
— Vous pouvez en être très fière, et lui de vous, sans aucun doute. Et vous, brave homme, dirent les marlous, en tout et pour tout, nous sommes tout à vous. Par saint Pierre, le bon apôtre, vous aurez un hôtel digne de saint Julien. Il n'y a nul homme jusqu'à Gien qui nous soit plus cher que vous.

Prenant par les bras maître Fouchier, ils l'emmenèrent dans leur maison.
— Maintenant, mes amis, dit Mabile, dépêchez-vous d'acheter oies et chapons.
— Madame, firent-ils, approchez donc. De vrai, nous n'avons pas un sou.
— Taisez-vous, canailles, fit-elle ! Mettez en gages manteaux et tuniques : ce sera au péquenot de régler l'écot, lequel vous sera bel et bien payé.

Bientôt, vous aurez plus de cent sous.

Que vous raconterai-je de plus ? Les deux marlous tout aussitôt rapportèrent – peu importe par quels moyens – deux gras chapons, sans perdre une minute, ainsi que deux oies. Boivin leur fit des grimaces tandis qu'ils tournaient le dos.
— Maintenant, dit Mabile, dépêchez-vous de tout préparer.

Ah ! il aurait fallu voir comment les marlous plumaient les chapons et comment ils plumaient les oies, tandis qu'Ysane préparait le feu et tout le nécessaire. Mabile ne put s'empêcher de parler à son péquenot :
— Cher oncle, est-ce qu'ils sont en bonne santé, votre femme et mes deux neveux ? Je les imagine en pleine forme.
— Chère nièce, répondit le paysan, tous trois sont morts : j'ai failli en mourir de chagrin. Maintenant vous serez tout mon réconfort dans mon pays, dans notre ville.
— Hélas ! pauvre de moi, dit Mabile, je devrais devenir folle de rage ! Pauvre de moi ! Si c'était après manger, ça n'irait pas aussi mal ! Pauvre de moi ! j'ai vu en rêve cette aventure la nuit dernière.
— Madame, les chapons sont cuits à point, ainsi que les deux oies sur la broche, fit Ysane qui les pressait. Ma chère dame, allez vous laver les mains et séchez vos larmes.

Ils firent alors des grimaces au paysan, mais, comme il n'était pas borgne, il vit bien qu'ils se moquaient de lui.
— Monseigneur, firent les marlous, vous n'êtes pas raisonnable, nous semble-t-il. Laissons les morts, pensons aux vivants.
Alors ils s'attablèrent, mais pour le repas on ne se moqua pas d'eux : ils eurent à manger à gogo. On ne lésina pas sur le vin dont on fit boire au paysan jusqu'à plus soif pour l'enivrer et pour le duper. Mais il ne les craignait ni ne les redoutait. Sous sa cape il fourra sa main et fit mine de retirer de l'argent.
— Que cherchez-vous, dit Mabile, mon bien cher oncle ? Dites-le-moi.
— Chère nièce, je me rends bien compte que ce repas vous coûte une fortune. Je participerai pour douze deniers.

Mabile et les deux marlous jurèrent qu'il ne débourserait pas un denier. On enleva la table, le repas terminé, et Mabile permit aux deux marlous de sortir :
— Ce sera bon pour vous de prendre l'air après avoir bien mangé. Pensez donc au dîner !

Les deux hommes partis, on ferma les portes derrière eux. Mabile se mit à demander :
— Mon bien cher oncle, dites-moi s'il y a longtemps que vous avez eu des relations avec une femme, soyez franc, après la mort de votre épouse. Il faut être complètement fou pour résister longtemps au désir d'avoir une femme : c'est folie aussi grande que de supporter la faim.
— Ma nièce, il y a bien sept ans tout entiers.
— Autant que cela ?
— Oui, au moins, et je n'en ai aucune envie.
— Taisez-vous, mon oncle, et que Dieu vous aide ! Mais regardez donc cette fille !
Elle se frappa alors trois fois la poitrine :
— Mon oncle, j'ai commis un très grave péché : je l'ai enlevée à ses parents. Contre son pucelage on m'aurait donné une fortune ; mais c'est vous qui l'aurez, je le veux.

À Ysane, d'un clin d'œil, elle fit signe de lui couper la bourse. Mais le paysan eut l'idée de le faire avant elle. Maître Fouchier prit la bourse, en coupa les cordons, puis il la cacha en la mettant contre son sein, à même la chair ; et il se retourna. Il jeta les yeux sur Ysane, ils s'approchèrent l'un de l'autre, et tous deux allèrent se coucher sur la paillasse. Ysane s'étendit la première en suppliant maître Fouchier de ne pas lui faire de mal pour l'amour de Dieu. Il dut alors lui découvrir le cul pour faire la chose. Il lui souleva la chemise, puis commença à bander, tandis que l'autre cherchait la bourse. Pendant qu'elle cherchait, lui la tringlait ; il la piqua de la pointe de sa queue qu'il lui enfourna dans le con jusqu'aux couilles. Il lui battit et frappa le cul tant et tant, me semble-t-il, qu'il l'a bien baisée. Il remonta ses braies et vit les deux cordons de sa bourse qui pendaient :

— Hélas, fit-il, pauvre de moi, quelle mauvaise journée j'ai faite aujourd'hui ! Ma nièce, on m'a coupé ma bourse : c'est cette femme qui me l'a tranchée !

Mabile, quand elle l'entendit, en fut toute joyeuse, car elle s'imaginait que c'était la vérité, tellement elle guignait le magot ! Ouvrant aussitôt la porte,

— Monsieur le péquenot, dit-elle, dehors, ouste !

— Faites-moi donc rendre ma bourse !

— Je vous donnerai une corde pour vous pendre. Ouste, sortez de chez moi, avant que je ne prenne un bâton.

Comme elle prenait un tison des deux mains, le paysan sortit : il n'avait pas envie de recevoir des coups. On lui claqua la porte au cul. Les gens s'attroupèrent autour de notre homme qui montra à tout un chacun qu'on lui avait coupé sa bourse. Quant à Mabile, elle demanda à Ysane :

— Donne-la-moi vite, car le péquenot va chez le prévôt.

— Par la foi que je dois à saint Nicolas, répondit Ysane, je ne l'ai pas ; ce n'est pas faute de l'avoir cherchée.

— J'ai une sacrée envie de te briser toutes les dents, sale vieille putain. Est-ce que je n'ai pas vu pendre les deux cordons que tu as coupés ? J'en suis sûre et certaine. Tu t'imagines les garder pour toi ? Si tu me forces à dire un mot de plus… Vieille putain, donne-moi ça, et vite !

— Madame, comment vous donner, dit Ysane, ce que je n'ai pas ?

Et Mabile de se précipiter sur ses cheveux qui étaient loin d'être courts, et de la jeter par terre, et de la battre à coups de pied et de poing au point de la faire péter et chier.

— Par Dieu, putain, rien à faire !

— Madame, je vous en prie, arrêtez ! Je les chercherai si bien que je les trouverai, si vous me laissez aller.

— Va, fit-elle, ne perds pas de temps.

Mais Mabile tournait et retournait la litière, car elle s'imaginait y trouver la bourse.

— Madame, écoutez-moi donc, dit Ysane, puissé-je perdre le corps et

l'âme si jamais j'ai su ou vu où était la bourse ! Vous pouvez me tuer sur place.
— Par Dieu, putain, tu en mourras !
Par les cheveux et les vêtements, elle la traîna à ses pieds.
— À l'aide, à l'aide ! cria Ysane.

Quand au-dehors son marlou l'entendit, il fonça de ce côté-là, il frappa du pied la porte sans attendre et la fit voler de ses gonds. Il saisit Mabile par le col de sa robe si bien qu'il le lui déchira sans douceur. Toute sa robe mise en pièces, elle se retrouva nue jusqu'au cul. Puis il l'attrapa par les cheveux et lui donna de si grands coups de poing sur le visage, sur les joues qu'elles furent couvertes de bleus. Mais la voici bientôt secourue, car son ami survint au pas de course, l'ayant entendue crier. Aussitôt, sans attendre une minute, les deux chenapans en vinrent aux mains. Ah ! si vous aviez vu la maison s'emplir de marlous et de putains ! Chacun alors d'y prêter la main. Ah ! si vous aviez vu tirer les cheveux, balancer les tisons, déchirer les vêtements, tomber l'un sur l'autre ! Les marchands coururent les voir la tête en sang, car ce fut une rude mêlée, et certains s'en mêlèrent qui, en repartant, n'étaient pas beaux à voir, et tel rentra dans la bagarre avec une robe fourrée de vair qu'il remporta rouge et à refaire.

Boivin alla tout droit chez le prévôt à qui il raconta dans tous les détails, d'un bout à l'autre, toute la vérité. Le prévôt l'écouta et apprécia fort la plaisanterie. Souvent il lui demanda de raconter sa vie à ses parents et à ses amis qui s'en amusèrent et s'en divertirent beaucoup. Boivin resta trois jours entiers, et le prévôt donna dix sous de ses deniers à Boivin qui écrivit ce fabliau à Provins.

Le Boucher d'Abbeville

Seigneurs, écoutez une merveilleuse histoire que je veux vous réciter et raconter : jamais vous n'en avez entendu de pareille. Mettez votre cœur à l'écouter : parole qui n'est pas entendue, sachez qu'elle est vraiment perdue.

Il y avait à Abbeville un boucher que ses voisins aimaient beaucoup. Loin d'être méchant et médisant, il était sage, courtois et valeureux, honnête dans son métier ; il rendait souvent de grands services à ses voisins pauvres et nécessiteux ; il n'était ni avare ni cupide.
Vers la fête de Toussaint, il arriva que le boucher alla au marché d'Oisemont pour acheter des bêtes. Mais il ne fit que perdre son temps : il trouva les bêtes trop chères, les marchands vicieux, grossiers, durs en affaires. Il ne put traiter avec eux. Son voyage ne lui fut guère profitable, il n'eut à utiliser aucun denier. Le marché terminé, il s'en retourna. Il prit toutes ses dispositions pour rentrer rapidement ; il portait sa tunique sur son épée, car on était proche du soir.

Écoutez ce qu'il fit. La nuit le surprit juste à Bailleul, à mi-chemin de sa demeure. Comme il était tard et qu'il faisait très noir, il se dit qu'il n'irait pas plus loin et qu'il logerait dans la ville. Il redoutait fort que les mauvais garçons ne lui volent son argent, et il en avait sur lui une grosse somme. Sur le seuil d'une maison, il trouva, debout, une pauvre femme ; il la salua et lui demanda :
— Y a-t-il en cette ville quelque chose à vendre qu'on puisse acheter de ses deniers pour se restaurer, car jamais je n'ai aimé dépendre d'autrui ?
— Sire, répondit la brave femme, par Dieu qui créa le monde, mon mari le sieur Milon affirme qu'il n'y a pas de vin dans cette ville sinon chez notre prêtre messire Gautier : il a sur ses chantiers deux tonneaux qui lui vinrent de Nojentel : il a toujours du vin dans un tonneau. Allez chez lui pour vous loger.
— Madame, j'y vais de ce pas, dit le boucher, et que Dieu vous sauve !
— Par ma foi, sire, que vous aussi, il vous aide !

Il partit alors sans vouloir s'attarder. Le voici à la maison du prêtre. Le doyen était assis sur le seuil de sa porte : il était bouffi d'orgueil. Notre boucher le salua et lui dit :

— Cher monsieur, Dieu vous aide ! Hébergez-moi par charité, et vous ferez preuve de noblesse et de générosité.

— Mon brave, répondit-il, à Dieu de vous héberger ! Car, par la foi que je dois à saint Herbert, un laïc ne couchera jamais en cette demeure. Il y aura bien quelqu'un pour vous héberger dans le bas de cette ville. Cherchez bien partout pour trouver un logis. En tout cas, je tiens à vous faire savoir que jamais vous ne coucherez en cette demeure : d'autres gens y sont descendus, et ce n'est pas l'habitude pour un prêtre qu'un vilain couche sous son toit.

— Un vilain, monsieur, avez-vous dit ? Méprisez-vous les laïcs ?

— Oui, tout à fait, et j'ai raison. Éloignez-vous de ma maison. J'ai dans l'idée que vous plaisantez.

— Non, non, monsieur, mais il serait charitable que vous m'offriez le gîte pour cette nuit, car je ne puis en trouver de semblable. Je ne suis pas regardant : si vous voulez me vendre quelque chose, je l'achèterai bien volontiers et je vous en rendrai mille grâces, car je ne veux pas vous être redevable d'un centime.

— Tu ferais tout aussi bien de te cogner la tête contre cette pierre dure, dit le doyen, par saint Pierre ! Tu ne coucheras pas en ma demeure.

— Puissent les diables y habiter, chapelain insensé ! Vous êtes un coquin et un rustre.

Sur ce, il s'en alla sans ajouter un mot : il était transporté de colère.

Écoutez maintenant ce qui lui arriva. Comme il était sorti de la ville, devant une maison en ruine dont les chevrons s'étaient écroulés, il tomba sur un grand troupeau de moutons. Par Dieu, écoutez donc quelque chose d'extraordinaire ! Il demanda au pastoureau qui avait gardé en sa jeunesse force vaches et force taureaux :

— Pâtre, que Dieu t'accorde le bonheur ! À qui est ce troupeau ?

— Sire, au prêtre.

— Grand Dieu, fit-il, qu'il puisse en être ainsi !

Or voici ce que fit le boucher : il se saisit si discrètement d'un mouton que

le pâtre ne s'en aperçut pas. Il l'a bel et bien embobeliné. (L'autre n'en vit ni n'en sut rien). Le boucher aussitôt jeta le mouton sur ses épaules et, par une rue écartée, s'en retourna frapper à la porte du prêtre qui était un fort méchant personnage. Au moment où il allait fermer sa porte, voici que le boucher apporta le mouton en lui disant :
— Sire, que Dieu vous sauve, lui qui sur tous les hommes a tout pouvoir !
Le doyen lui rendit son salut et lui demanda incontinent :
— D'où es-tu ?
— Je suis d'Abbeville. Je viens du marché d'Oisemont où je n'ai acheté que ce mouton, mais il a le croupion bien gras. Hébergez-moi pour cette nuit : vous êtes très à l'aise. Je ne suis ni avare ni regardant : ce soir, on mangera la viande de ce mouton, si le cœur vous en dit. J'ai eu du mal à l'apporter. (Il est gros, bien en chair : chacun en aura tout son soûl).

Le doyen crut qu'il disait vrai. C'était un homme insatiable du bien d'autrui : il préférait un mort à quatre vivants. Il parla en ces termes, à ce qu'il me semble :
— Oui, oui, bien sûr, très volontiers. Même si vous étiez trois, vous seriez logés à votre gré, car jamais personne ne m'a vu rechigner à faire preuve de courtoisie et d'amabilité. Vous me semblez homme de qualité. Dites-moi quel est votre nom.
— Sire, par Dieu et par son nom, mon nom est David, il me vient de mon baptême quand je reçus les saintes huiles et le saint chrême. Je me suis épuisé à faire ce chemin. Que jamais Notre-Seigneur ne regarde, par ma foi, celui qui possédait cette bête ! Maintenant, il est temps de s'approcher du feu.

Ils rentrèrent alors dans la maison où brûlait un bon feu. Notre homme déposa sa bête, puis, regardant à droite et à gauche, il réclama une cognée qu'on lui apporta aussitôt. Il tua sa bête, l'écorcha et il jeta sur un banc sa peau ; ensuite, il la suspendit, sous leurs yeux :
— Sire, par Dieu, avancez ! Pour l'amour de Dieu, regardez donc comme ce mouton a gagné en poids, voyez comme il est gras et replet. Mais que j'ai souffert, à apporter ce fardeau de très loin ! Faites-en donc ce que vous voulez. Faites rôtir les épaules, et mettez-en un plein pot à bouillir

pour les domestiques. Je ne veux insulter mouton, mais il a le croupion bien gras. Je ne veux insulter personne, mais il n'y eut jamais plus belle viande. Mettez-la à cuire sur le feu. Voyez comme elle est tendre et charnue. Avant que la sauce ne soit prête, elle sera cuite à point.
— Cher hôte, faites comme vous voulez : je m'en remets à vous.
— Faites donc mettre la table.
— C'est prêt, il n'y a plus qu'à se laver les mains et à allumer les chandelles.

Seigneurs, je ne vous mentirai pas du tout. Le doyen avait une amie dont il était tellement jaloux que, toutes les nuits qu'il recevait des hôtes, il lui imposait de retourner dans sa chambre. Mais ce soir-là il la fit dîner avec son hôte dans la plus franche gaieté. On les servit copieusement de bonne viande et de bon vin. Avec des draps blancs en lin, on prépara un lit pour le boucher, qui connut dans cette maison bien des plaisirs. [...]
Le doyen appela sa servante :
— Je te recommande, fit-il, ma chère sœur, que notre hôte ait toutes ses aises, et qu'il n'ait rien qui lui déplaise.

Sur ce, ils allèrent tous les deux se coucher, lui et la dame, à ce qu'il me semble. Le boucher resta auprès du feu. Jamais il ne fut aussi heureux : il eut bon gîte et bel accueil.
— Chère sœur, fit-il, approche-toi, viens par ici, bavarde avec moi et fais de moi ton ami : tu pourras en avoir un bon profit.
— Hôte, taisez-vous, vous ne dites rien de bon. Ce n'est pas dans mes habitudes.
— Par Dieu, il faut que tu t'y fasses, et je te dirai à quelles conditions.
— Parlez donc, et je vous écouterai.
— Si tu veux faire ce qui me plaît et satisfaire tous mes désirs, par Dieu que j'invoque du fond du cœur, tu auras la peau de mon mouton.
— Cher hôte, ne tenez plus jamais de tels propos ! Vous n'avez rien d'un ermite pour me faire cette proposition. Vous avez de bien coupables pensées. Dieu merci, comme vous êtes bête ! Je ferais bien votre plaisir, mais je n'ose pas : vous le diriez dès demain à ma maîtresse.
— Chère sœur, aussi vrai que je demande à Dieu de prendre soin de mon

âme, jamais de ma vie je ne le lui dirai et jamais je ne vous dénoncerai.
Elle lui promit alors de faire ses volontés pendant toute la nuit, tant et si bien qu'il fit jour. Elle se leva, fit son feu et son ménage, puis alla traire ses bêtes.

C'est alors que le prêtre se leva et qu'il se rendit à l'église avec son clerc pour chanter et célébrer l'office, tandis que la dame restait à dormir. L'hôte, tout aussitôt, s'habilla et se chaussa sans plus tarder, car il en était grand temps. Dans la chambre, sans attendre davantage, il vint prendre congé de la dame. Il tira le loquet et ouvrit la porte. La dame reprit ses esprits et, ouvrant les yeux, vit son hôte, tout debout au bord de son lit. Elle lui demanda d'où il venait et à quoi il pensait.
— Madame, fit-il, je vous rends grâce : vous m'avez hébergé comme je pouvais le souhaiter et vous m'avez réservé un merveilleux accueil.
Sur ce, il s'avança vers le chevet, mit la main sur l'oreiller et repoussa le drap : il vit la gorge qui était blanche et belle, la poitrine et les seins.
— Ah ! mon Dieu, dit-il, c'est un vrai miracle. Sainte Marie, saint Remacle, comme le doyen a de la chance, de coucher tout nu avec une femme comme vous ! En effet, que saint Honoré m'aide ! un roi en serait très honoré ! Si j'avais seulement la possibilité de coucher un petit moment ici, je serais revigoré et requinqué.
— Cher hôte, ce n'est pas très malin, ce que vous dites, par saint Germain ! Écartez-vous, ôtez votre main. Mon seigneur aura bientôt chanté la messe : il se tiendrait pour bel et bien roulé s'il vous trouvait dans sa chambre. Plus jamais il ne m'aimerait, et vous auriez causé mon malheur et ma mort.

Mais le boucher de lui adresser de très belles paroles de réconfort :
— Madame, fit-il, pour l'amour de Dieu, pitié ! Jamais je ne bougerai d'ici pour aucun homme qui vive. Même si le doyen survenait, pour peu qu'il dît une parole insultante ou déplacée, je le tuerais sur-le-champ. Mais accordez-moi ce que je demande, et faites ma volonté : je vous donnerai ma peau très laineuse et une grosse somme de mon argent.
— Sire, je n'en ferai rien, car je vous sens si vaniteux que, dès demain, vous le crieriez sur tous les toits.

— Madame, dit-il, je vous le promets : aussi longtemps que je serai en vie, je ne le dirai à personne, homme ou femme, par toutes les saintes reliques de Rome.

Il lui fait tant de discours et tant de promesses que la dame s'abandonna à lui (…). Et le boucher en profita, et quand il en eut pris tout son plaisir, il partit, sans vouloir rester davantage. Il se rendit à l'église où le prêtre avait commencé une lecture, accompagné de son petit clerc. Comme il entonnait « Ordonne, Seigneur », voici le boucher dans l'église :
— Sire, fit-il, je vous rends grâce de m'avoir hébergé comme je le souhaitais, je me félicite de votre magnifique accueil. Mais j'ai quelque chose à vous demander et je vous prie de me l'accorder : achetez ma peau, vous me tirerez d'embarras. Il y a bien pour trois livres de laine, et c'est de la bonne. Dieu m'aide ! Elle vaut trois sous, mais vous l'aurez pour deux, et je vous en serai infiniment reconnaissant.
— Cher hôte, je le ferai volontiers par amitié pour vous. Vous êtes un bon compagnon, vous êtes loyal : revenez souvent me voir.
C'est sa peau que lui vendit le boucher. Puis, après avoir pris congé, il s'en alla.

Quant à la dame, elle se leva alors. Elle était fort jolie et très mignonne. Elle revêtit une cotte verte, bien plissée et munie d'une traîne ; elle en retroussa les pans par coquetterie, en les glissant dans sa ceinture. Elle avait des yeux vifs et rieurs. […] La servante, sans attendre, se dirigea vers la peau et voulut la prendre, quand la dame le lui interdit :
— Eh bien ! fit-elle, dis-moi donc : qu'as-tu à faire de cette peau ?
— Madame, cela me regarde. Je veux la porter au soleil pour en faire sécher le cuir.
— Non, non, laisse-la où elle est : elle encombrerait trop le passage. Mais fais ce que tu dois faire.
— Madame, je n'ai plus rien à faire. Je me suis levée plus matin que vous.
— Par ma foi, va-t'en au diable ! Tu devrais surveiller tes paroles. Sauve-toi, laisse la peau tranquille, garde-toi d'y porter encore la main et de t'en occuper davantage !
— Par le nom de Dieu, madame, si, je le ferai ; je lui consacrerai tous mes

soins comme à quelque chose qui m'appartient.
— Dis-tu donc qu'elle est à toi ?
— Oui, je le dis, parfaitement.
— Pose-la, et va te pendre ou te jeter dans la fosse à purin ! Oui, je suis hors de moi, à te voir si orgueilleuse. Putain, saleté, pouilleuse, va-t'en et quitte ma maison.
— Madame, vous déraisonnez en m'insultant pour quelque chose qui est à moi. Quand bien même vous l'auriez juré par les saintes reliques, elle serait quand même à moi.
— Débarrasse le plancher et va te noyer. Je me fiche de tes services, car tu n'es qu'une garce et une idiote. Même si messire l'avait juré, il ne te protégerait pas dans cette maison, tellement je t'ai prise en grippe.
— Que la malédiction retombe sur quiconque désormais vous servira ! J'attendrai que le maître revienne, et puis je partirai, mais je me plaindrai de vous auprès de lui.
— Tu te plaindras ? Putain, sale corbeau, puanteur, salope, bâtarde !
— Bâtarde ? Madame, vous avez tort de le dire. Peut-être qu'ils sont légitimes, les enfants que vous avez eus du prêtre ?
— Par la Passion de Dieu, pose la peau, ou tu le payeras. Il serait mieux pour toi d'être à Arras, par les saints de Dieu, voire à Cologne !

Et la dame, s'emparant de sa quenouille, lui en frappa un coup, et la servante de crier :
— Par la puissance de sainte Marie, vous avez eu tort de me frapper injustement ! Je vous ferai payer très cher la peau avant que je ne meure de ma belle mort.
Elle se mit alors à pleurer et à se livrer à un chagrin si violent qu'alerté par le bruit et la dispute, le prêtre entra dans la maison.
— Qui est-ce, dit-il, qui t'a fait ça ?
— Madame, sire, sans que j'aie rien fait de mal.
— Sans que tu aies rien fait ? Vraiment, il est impossible qu'elle t'ait fait un tel affront.
— Par Dieu, sire, c'est pour la peau qui pend là-bas à côté de ce feu. Rappelez-vous que vous m'avez recommandé hier soir, en allant vous coucher, de prodiguer à notre hôte messire David toutes les aises qu'il pût dé-

sirer ; j'ai suivi vos recommandations, et il m'a donné, c'est la vérité, la peau, je le jurerai sur les saintes reliques, car je l'ai bien méritée.

Le doyen comprit, aux paroles qu'elle disait, que son hôte l'avait séduite : c'est pourquoi il l'avait payée avec la peau. Il en fut transporté de colère, mais il n'osa pas dire ce qu'il en pensait.

— Madame, fit-il, que Dieu me sauve ! vous vous êtes mise dans une bien fâcheuse situation : il faut que vous m'estimiez et me redoutiez peu pour battre mes gens.

— Mais c'est parce qu'elle veut avoir ma peau. Sire, si vous saviez la vérité sur les propos honteux qu'elle m'a tenus, vous la payeriez comme elle le mérite : elle m'a reproché vos propres enfants. Vous vous montrez bien lâche en souffrant qu'elle m'insulte et me déshonore par ses insolences. Je ne sais ce qu'il en adviendra, mais jamais ma peau ne restera en sa possession.

— Votre peau ?
— Oui, vraiment !
— Pour quelle raison ?
— Notre hôte a couché dans notre maison, sur mon matelas, dans mes draps, puisque, malgré saint Acheul, vous voulez tout savoir.
— Chère dame, dites-moi donc la vérité : par cette fidélité que vous m'avez jurée quand vous êtes entrée pour la première fois dans cette maison, est-ce que cette peau doit être à vous ?
— Oui, par la sainte patenôtre !

Mais la servante de s'écrier :
— Cher seigneur, ne la croyez pas. Il me l'a donnée d'abord.
— Ah ! putain, maudite sois-tu ! On vous a donné la rage. Ouste, décampez de ma maison, et qu'une funeste honte vous accable !
— Par le saint suaire de Compiègne, madame, fit le prêtre, vous avez tort.
— Non, car je la hais à mort : elle est si menteuse, cette sale voleuse !
— Madame, que vous ai-je volé ?
— Salope, mon orge et mon blé, mes pois, mon lard, mon pain de ménage. Ah ! oui, vous êtes vraiment un pauvre type pour l'avoir si longtemps supportée dans cette maison. Sire, payez-lui son dû, par Dieu, et dé-

barrassez-vous-en !

— Madame, dit le prêtre, écoutez-moi bien : par saint Denis, je veux savoir laquelle de vous doit avoir la peau. Cette peau, qui vous l'a donnée ?

— Notre hôte, quand il s'en alla.

— Allons donc ! Par les côtes de saint Martin, il s'en alla de bon matin, avant le lever du soleil.

— Mon Dieu, faut-il que vous soyez impie pour jurer si étourdiment ! Au contraire, il prit congé très courtoisement avant qu'il ne lui faille s'en aller.

— Il a donc assisté à votre lever ?

— Pas du tout ! J'étais encore au lit. Je ne me méfiais pas de lui quand je le vis devant le bord de mon lit. Il faut que je vous explique.

— Et que dit-il en prenant congé ?

— Sire, vous voulez à tout prix me prendre en défaut. Il dit : "Je vous recommande à Jésus !" Et il partit sans ajouter un mot, ni rien demander qui fût à votre déshonneur, mais vous, vous n'avez en tête que tromperie. Jamais vous n'avez eu confiance en moi, et pourtant vous n'avez trouvé en moi, grâce à Dieu, que du bien. Mais vous, vous n'avez en tête que trahison, et pourtant vous me tenez dans une telle prison que mon corps est tout blême et amaigri. Je ne bouge pas de votre hôtel : vous m'avez mise en cage. J'ai trop dépendu de vous pour le boire et le manger.

— Ah ! ah ! espèce de sale folle, je t'ai trop bien traitée. Pour un peu je te frapperai, je te tuerai ! Je le sais bien : il t'a baisée. Dis-moi : pourquoi n'as-tu pas crié ? Pour toi, c'est fini. Va-t'en, débarrasse le plancher. Moi, j'irai à mon autel y jurer aussitôt que jamais plus je ne coucherai en ton lit.

Sous le coup de la colère, le prêtre s'assit, en proie à de sombres et tristes réflexions. Quand la dame le vit en colère, elle regretta fort de s'être disputée et querellée avec lui. Elle eut grand peur qu'il ne lui fît des ennuis, et elle se réfugia dans sa chambre.

Or voici tout aussitôt le pâtre qui avait compté ses moutons : la veille au soir, on lui en avait volé un, et il ne savait pas ce qu'il était devenu. À toute allure il vint à la maison en se grattant la mâchoire. Le prêtre, assis sur son petit banc, était tout échauffé de colère.

— Qu'est-ce qui se passe ? Maudit sois-tu ! Bougre de salaud, d'où reviens-tu ? Qu'y a-t-il ? Quelle drôle de tête tu fais ! Fils de putain, sale bouseux, tu devrais être à garder tes bêtes. Pour un peu je te donnerai un coup de bâton !
— Sire, il me manque un mouton, de loin le meilleur de notre troupeau. Je ne sais qui me l'a volé.
— Tu as donc perdu un mouton ? On aurait dû te pendre : tu les as mal gardés.
— Sire, fit-il, écoutez-moi. Hier soir, en rentrant au village, j'ai rencontré un étranger que je n'avais jamais vu ni dans un champ ni au village ni sur un chemin. [...] C'est lui qui me l'a volé, si vous voulez mon avis.
— Par les saints de Dieu, c'était David, notre hôte, qui a couché ici même. Il m'a drôlement embobiné : il a tringlé mes gens, il m'a vendu la peau qui m'appartenait. [...] Avec ma pâte, il m'a fait un gâteau. Reconnaîtrais-tu la peau ?
— Oui, sire, par la foi que je vous dois. Oui, je la reconnaîtrai si je la vois. Je l'ai gardé sept années durant.

Il prit la peau et l'examina : aux oreilles et à la tête il reconnut bien la peau de sa bête.
— Ouais, hélas ! dit le pastoureau, par Dieu, sire, c'est Cornu, la bête que j'aimais le plus. Dans mon troupeau, il n'y en avait pas d'aussi tranquille. [...] Il ne pouvait exister meilleur que lui.
— Venez par ici, madame, dit le prêtre, et toi aussi, la servante, avance, viens me parler, je te l'ordonne ; réponds-moi quand je te questionne : que revendiques-tu de cette peau ?
— Sire, c'est la peau tout entière que je revendique, dit la servante au chapelain.
— Et vous, que dites-vous, belle dame ?
— Sire, aussi vrai que je demande à Dieu de prendre soin de mon âme, elle doit de plein droit être à moi.
— Elle ne sera ni à vous ni à elle [...] si vous ne l'obtenez pas par un jugement.

Seigneurs, vous qui savez ce qui est bien, Eustache d'Amiens vous demande et vous supplie et vous sollicite de prononcer ce jugement selon le droit et l'équité. Que chacun donne son avis : qui doit de préférence avoir la peau ? Le prêtre, la prêtresse ou la friponne de servante ?

De l'Écureuil

Je veux vous raconter maintenant l'histoire d'une femme qui avait une fille jolie qui était pucelle. Belle, elle l'était à démesure, son père et sa mère l'aimaient tant qu'ils le pouvaient. La pucelette avait seize ans. Sa mère lui dit :

— Ma fille, ne faites pas trop votre babillarde, ni trop votre commère, ne soyez pas trop coutumière de parler, car l'on peut mal juger une femme quand on l'entend trop parler, plus qu'elle ne le doit. Pour cela, chacune devrait se garder de parler follement, et je vous interdis une chose tout particulièrement sur toutes les autres, jamais ne dites le nom de cette chose que les hommes portent pendant.

Celle-ci répondit, après avoir tant écouté qu'il lui en pesa, incapable de se taire davantage :
— Mère, dit-elle, dites-moi comment cela s'appelle et ce que c'est.
— Tais-toi, ma fille, je n'ose le dire.
— Est-ce la chose qui entre les jambes de mon père pend, madame ?
— Taisez-vous, ma fille, jamais aucune femme, à moins d'avoir tous les défauts, ne doit nommer cette perche qui pendouille entre les jambes des hommes.
— Et quel mal y a-t-il à dire perche ? Ce n'est pas ce dont on se sert à la pêche ?
— Taisez-vous, ma fille, vous êtes folle, ne prononcez pas ce mot, perche n'est pas son nom. Jamais nous, femmes, ne le devons nommer en aucune manière, ni par-devant ni par-derrière.
— Cette diable de pendouillerie, ma chère mère, est-ce donc loche ou plongeon qui sait plonger et sait nager dans le vivier et dans l'étang de mon père ?
— Nenni, ma fille, dit la mère.
— Qu'est-ce donc, dites-le-moi ?
— Ma chère fille, je vais te le dire, oui, enfin… non, sauf que oui, par ma foi, crois-moi, bien que ce soit folie, et contraire au droit et à la raison, je t'affirme que cela est un vit.

Quand la pucelle entendit cela, elle se mit à rire et s'esclaffa :
— Vit, dit-elle, par la miséricorde de Dieu, vit ! Vit je dirai, que cela déplaise ou non, sauf que oui, vit, pauvre de moi, vit dit mon père, vit dit ma sœur, vit dit mon frère, et vit dit notre chambrière, et vit devant et vit derrière, chacun en parle à volonté. Vous-même, mère, dites vit, et moi, une fois hélas, quel mal ai-je fait que je ne puisse l'appeler vit ? Que sans faute Dieu m'accorde le vit !
Quand la mère entendit qu'elle se tourmentait en vain et que tout ce qu'elle disait ne faisait pas un pli à sa fille, elle la quitta en pleurant.

Voici aussitôt accourir un jeune gars qui s'appelait Robin. Il était grand et de belle apparence, car il était le neveu d'un prieur. Il s'était bien souvent nourri de bonnes grosses miches et il habitait en ville. Il était fort savant en ruses et en duperies. D'une cachette où il se tenait, il avait entendu tout ce que la bonne femme avait dit à la pucelle et tout ce que la demoiselle avait répondu à sa mère. Il en était tout content et ravi. Le misérable était grand et bien en chair, il se mit la main sous les vêtements, commença à se palper le vit tant qu'il le fit raidir. Puis il se présenta à la pucelle, qui était si avenante et belle, et lui dit :
— Que Dieu vous accorde le salut, belle amie !
— Ah ! Robert ! Que Dieu vous bénisse ! Dites-moi, que Dieu vous soit en aide, ce que vous tenez là.

Et il lui dit :
— Dame, c'est un écureuil, le voulez-vous ?
— Oui, enfin... non, sauf que oui, certes, je voudrais déjà l'avoir dans mes mains !
— Non, sauf que oui, mon amie, pas encore, votre demande est vaine pour le moment, mais, sans pour autant contredire ta pensée, tendez votre main par ici, tout doucettement que vous ne le blessiez. S'il vous plaît, serrez-le.
La pucelle tendit sa main et celui-ci tout aussitôt la prit et lui a fait – pas de meilleur morceau – empoigner son vit.
— Robin, fit-elle, il est tout chaud !
— Douce amie, que Dieu m'accorde le salut, il vient de se lever de son

petit creux par les membres dont il se meut, par le nom de Dieu, car il est tout à fait vivant.

— C'est vrai, dit-elle, le pauvre ! Comme il tressaille et tressaute !

Elle avait vu les couilles.

— Robin, fit-elle, là, qu'est-ce que c'est ?
— Ma belle, fit-il, c'est son nid.
— C'est vrai, fit-elle, je sens un œuf.
— Ma foi, il vient tout juste de le pondre.
— Par le nom de Dieu, j'en sens un autre !
— Douce amie, c'est qu'il en donne, bon an mal an, toujours un à la fois.
— Vrai, fit-elle, à ce qu'il me semble, il est de basse extraction. Est-il remède à quelque chose ?
— Oui, enfin… non, sauf que oui, en vérité, il est bon à greffer les queues et à sonder les plaies, et il guérit de lente pisse.
— Je le chéris d'autant plus, fit-elle. Robin, mon ami, que mange-t-il ? Mange-t-il des noix ?
— Ma foi, oui, enfin… non, sauf que oui.
— Ah ! pauvre malheureuse ! Pas plus tard qu'hier je me suis conduite comme une insensée, alors que j'en ai mangées tout plein mon poing ! J'aurais tant aimé les avoir, j'en aurais tant besoin, il en aurait dîné ce matin même.
— Ne te fais pas de souci, ma belle, dit Robin, car vraiment il saura bien les chercher, tu n'as aucun souci à te faire.
— Et où ?
— Ma foi, dans ton ventre.
— Je ne sais par où il puisse y entrer.
— Ne t'en soucie donc pas, car, par ma foi, il en prendra parfaitement soin.
— Par où ? Il n'y est jamais entré.
— Par ton con.
— Mets-le tout de suite, alors, Dieu me soit en aide, j'en suis bien heureuse.

Sur ce Robin la prit dans ses bras. Il la jeta à la renverse sous lui, puis il

souleva sa jupe bleue, sa chemise et sa pelisse. Il lui mit son écureuil dans le con. Le jeune homme n'était pas un rustre, il commença à bouger des reins. Pas question de faire le feignant, et en arrière et à l'attaque ! Et celle-ci, qui en éprouvait bien du plaisir, dit en riant :
— Que Dieu soit présent ! Sire écureuil, cherchez, cherchez ! Puissiez-vous manger de bonnes noix ! Oui, enfin... non, sauf que oui, cherchez bien, et plus profond, jusque-là où elles sont car, je le jure sur ma tête, voici une fort savoureuse bête. Jamais je n'ai vu pareil écureuil, ni n'ai entendu parler d'un aussi bon, car il ne mord point les gens. Il ne me blesse pas bien fort ! Cherchez, cherchez, bel ami cher ! Je le veux certes de tout mon cœur !

Tandis que la pucelle parlait ainsi, et que l'autre cherchait ses noix sans répit, il a tant poussé et tant frappé que, je ne sais par quelle aventure, je ne sais si ce fut un effet de nature, l'écureuil fut pris d'un mal de cœur. Il commença à gémir de douleur, et puis ensuite il a craché, et il a eu des nausées et il a vomi. Il a tant vomi, le sot, le brigand, qu'elle en a senti les gouttes dégoutter sous ses fesses.
— Paix ! fait-elle, pas pousser, pas frapper, Robin, pas frapper ! Tu as poussé, frappé, cogné si fort qu'un des œufs a éclaté. Cela me désole, c'est grand dommage, le blanc m'en coule au milieu des fesses !
À ces paroles, Robin s'est relevé, car son ouvrage était terminé. Réjoui, il s'en alla à ses affaires, il avait réussi là une bonne action.

Par ce fabliau, je veux montrer que tel imagine empêcher sa fille de parler follement qui, plus il l'admoneste, plus il lui indique la voie de mauvaise conduite, que Dieu me guide.

Estormi

Parce que je vous aime bien, je veux commencer pour vous un fabliau à partir d'une authentique aventure. C'est celle d'un brave homme qui devint pauvre ainsi que sa femme. Il avait pour nom Jean et elle, Yfame. Après avoir été riches, ils retombèrent dans la pauvreté, mais j'en ignore la raison, car on ne me l'a jamais rapportée : il m'est donc impossible de le savoir.

Trois prêtres commirent la folie de convoiter dame Yfame. Ils s'imaginèrent qu'ils pourraient mettre la main sur elle à cause de la pauvreté qui la frappait de plein fouet. Ce fut pour eux folie que d'y songer, car ils y trouvèrent la mort comme vous m'entendrez le raconter si vous voulez m'écouter, et comme l'apprend l'histoire qui nous rapporte l'aventure de la dame et des trois prélats.

Chacun désirait jouir des faveurs de dame Yfame. Aussi lui promirent-ils, je crois, plus de quatre-vingts livres. C'est ce qu'attestent le livre et l'histoire qui raconte comment ils furent couverts de honte par leur malheureuse méchanceté. En fait, la cause en fut la perfidie de leurs fesses et de leurs reins. Vous l'entendrez à la fin de l'histoire, pourvu que vous acceptiez d'attendre jusque-là.

Quoi qu'il en soit, Yfame ne voulut écouter leurs paroles ni leurs discours, mais elle raconta à son mari toute l'affaire, dans les détails. Jean lui répondit :

— Allons donc ! Chère sœur, me dis-tu la vérité ? Te promettent-ils autant d'argent que tu es en train de me raconter ?

— Oui, cher frère, et encore plus, à condition que je veuille faire leurs volontés.

— Maudit soit celui qui utilise un tel procédé ! dit Jean. J'aimerais mieux être mort et mis en bière plutôt qu'ils prennent leur plaisir avec vous un seul jour de ma vie.

— Sire, ne vous inquiétez pas, fit Yfame qui était très sage. Pauvreté qui est féroce nous a plongés dans une terrible misère. Il serait bon de trouver maintenant un moyen qui nous en sortît. Les prêtres jouissent de gros revenus ; ils ont trop de ce dont nous n'avons pas assez. Si vous voulez me croire, je vous sortirai de la pauvreté et je couvrirai de honte ceux qui croient m'enjôler.

— Pensez donc, répondit Jean, à bien les appâter, ma belle et douce sœur, mais je ne voudrais à aucun prix que vous vous fassiez posséder.

— Taisez-vous ! Vous monterez là-haut, dans ce grenier, en catimini, et ainsi vous veillerez adroitement sur mon honneur et le vôtre et sur ma personne. Nous mettrons dehors les prêtres, et l'argent nous restera. C'est ainsi que les choses se passeront si vous le voulez bien.

— Partez vite sans perdre de temps, ma belle et douce amie, dit Jean, mais, pour Dieu, ne vous attardez pas.

Yfame, qui était une excellente épouse, s'en alla à l'église. Avant que la messe ne fût chantée, elle fut très rapidement sollicitée par ceux qui cherchaient leur malheur. Yfame les prit chacun à part, et avec beaucoup de gentillesse, successivement, sans que les autres en sachent rien, elle leur fixa un rendez-vous chez elle.

Tout d'abord, au premier prêtre la bonne dame demanda de venir entre chien et loup en apportant tous ses deniers. « Madame, bien volontiers », répondit celui qui était tout près de son martyre, ce qui ne l'empêcha pas de partir au comble de la joie.

Mais voici le deuxième qui voulait avoir sa part du jambon, tellement il avait le croupion brûlant ! Il se fit tout petit devant la dame, puis lui découvrit ses intentions ; et elle, qui avait combiné pour lui une terrible mésaventure, lui fixa un rendez-vous trompeur au moment où la cloche sonnerait.

— Madame, jamais rien, dit le prêtre, ne pourra m'empêcher, par saint Amant, de venir à votre commandement, car il y a longtemps que j'ai envie de vous.

— Apportez-moi donc la redevance que vous me devez.

— Volontiers, je vais faire les comptes, reprit l'autre qui sautait de joie.

Mais le troisième prêtre surgit de son côté ; puis, à son tour, il lui demanda :

— Madame, obtiendrai-je ce que j'ai sollicité de vous ?
Et la dame, qu'il pourchassait pour son déshonneur et son malheur, lui répondit :
— Cher seigneur, il n'y a rien d'autre à faire. Vos paroles qui m'ont touchée et Pauvreté qui m'étreint me conduisent à faire votre volonté. Venez donc à la tombée de la nuit, sans attirer l'attention, jusqu'à ma porte, et ne venez pas les mains vides en oubliant ce que vous m'avez promis.
— Puissé-je ne plus jamais chanter la messe si vous n'avez pas votre offrande ! Je vais les retirer de mon coffre, les deniers et la bourse.

Il se mit alors en route, tout joyeux qu'elle eût accepté. Maintenant, qu'ils se gardent bien du piège qu'on leur a tendu, car ils ont honteusement cherché leur mort et leur fin !
Mais j'ai oublié un point : à chaque prêtre, pour finir, Yfame fit entendre par tromperie que Jean n'était pas en ville : chacun en fut d'autant plus joyeux, et cette nuit-là, c'est au comble du bonheur qu'ils se couchèrent, soyez-en sûrs et certains.
Quant à dame Yfame, rapidement elle revint chez elle et raconta l'histoire à son mari. Jean, à l'entendre, fut tout heureux. Il fit allumer le feu et dresser la table à sa petite nièce qui, sans renâcler à lui obéir, mit aussitôt la table, car elle s'entendait à le faire. Yfame, qui était très sage, lui dit :
— Cher seigneur, la nuit vient : je pense qu'il faut maintenant vous cacher, c'est le moment.

Jean, qui possédait deux pourpoints, revêtit le meilleur. C'était un bel homme, d'une grande robustesse. Il prit en main sa cognée et empoigna une énorme massue en bois de pommier.

Or voici qu'arriva le premier, tout chargé des deniers qu'il apportait. Discrètement, il frappa à la porte, ne voulant pas qu'on le sût ici. Dame Yfame retira le verrou et lui ouvrit. Le prêtre, à sa vue, s'imagina qu'il l'avait séduite. Jean, qui tenait la massue à la tête volumineuse, lui jetait des regards furieux, sans que l'autre se rendît compte de rien. Tout doucement, sans dire un mot, Jean descendit l'escalier, tandis que le prêtre, croyant disposer de la dame, se précipita d'emblée sur elle, l'attaqua et la renversa au milieu de la pièce. Mais Jean, se jetant sur eux sans faire le moindre bruit, le frappa des deux mains avec la cognée sur la tête, et il tapa si fort que le sang et la cervelle giclèrent. Le prêtre tomba mort, perdant la parole.

Yfame en fut tout effrayée, mais Jean jura par sainte Marie que, si sa femme faisait du bruit, il la frapperait de sa massue. Elle se tut, et lui prit dans ses bras le mort qui était étendu sur le carreau. Il l'emporta aussitôt dans sa cour où il le dressa sur-le-champ contre la paroi de sa bergerie ; puis il revint de l'enclos et réconforta dame Yfame.

Le deuxième prêtre heurta la porte, en quête de son malheur et de sa honte. Jean remonta au grenier, tandis que dame Yfame lui ouvrait. Elle était désolée de l'aventure, mais elle était obligée de le faire. Le prêtre passa le seuil avec sa charge, et il posa les deniers qu'il portait. Jean, de là-haut, le lorgnait par la claire-voie et, de fureur, grinçait des dents. Il se mit à descendre tout doucement.

L'autre, aussitôt, étreignit la femme pour prendre son plaisir, et il la renversa sur un beau lit. Jean, quand il le vit, en fut vraiment contrarié. De sa pesante massue, il lui assena sur la caboche un tel coup que ce n'était pas seulement pour lui faire une bosse, mais il mit en miettes tout ce qu'il toucha. Le prêtre perdit la vie, le visage blême, car la mort le pressa et le prit. Sire Jean l'attrapa à son tour et alla le porter avec l'autre.

— Et de deux ! dit-il. Je ne sais s'il vous est apparenté, mais mieux vaut un compagnon que rien du tout.

Cela fait, il revint, remit tout en ordre et déposa les deniers dans la huche.

Et voici le troisième prêtre qui appela tout bas, tout doucement. Yfame reprit la clé et aussitôt lui ouvrit la porte. L'autre, en proie à son fol amour, entra dans la maison tout chargé, tandis que messire Jean, pour se cacher, se blottit sous l'escalier. Le prêtre, croyant prendre son plaisir avec la dame, la serra dans ses bras et la coucha sur le lit. À cette vue, Jean entra dans une violente colère : il souleva la massue qu'il tenait et lui donna un tel coup sur la tempe qu'il lui remplit toute la bouche de sang et de cervelle mêlés, et qu'il tomba sans vie, le corps saisi de tremblements, car la mort le pressait et l'étreignait. Messire Jean le prit à son tour dans ses bras ; il l'emporta aussitôt et le mit debout à côté de la porte. Après quoi, il s'en revint.

Maintenant je sais bien qu'il me faut dire pourquoi Jean qui eut tant de tracas cette nuit-là, mit ensemble les deux prêtres l'un après l'autre. Si je ne vous le dis pas, il me semble que le fabliau serait gâché. Jean aurait été en fâcheuse posture sans un neveu à lui, Estormi, qui, en la circonstance, fut pour lui un précieux ami, comme vous allez l'entendre dans le fabliau. Yfame, loin d'être heureuse de cette affaire, en était très affligée.
— Si je savais où mon neveu se trouve, dit Jean, j'irais le chercher. Il m'aiderait bien à découvrir un moyen pour me délivrer de ce fardeau ; mais je crois qu'il est au bordel.
— Non, il n'y est pas, cher seigneur, fit sa nièce, il n'y a pas encore très longtemps que je l'ai vu à la taverne, là-bas, chez dame Hodierne.
— Ah ! dit Jean, par saint Grégoire, va voir s'il y est toujours.

La nièce partit tout émue, et, pour mieux courir, elle retroussa son jupon. Une fois à l'auberge, elle écouta pour savoir si son frère était dedans. Dès qu'elle l'entendit, elle gravit les marches et se plaça à côté de lui, qui était en train de jeter les dés tout en les cachant. Mais il n'eut pas la main heureuse, car il perdit : il s'en fallut de peu que de son poing il ne fendît toute la table. C'est la pure vérité, et si l'on ne me croit pas, qu'on demande aux autres : on a souvent de gros ennuis quand on s'adonne au jeu de dés. Mais je ne veux plus m'attarder sur ce point, pour parler plutôt de celle qui tirait par la manche son frère, sans qu'il prît garde à elle. Estormi finit par regarder sa sœur, puis il lui demanda d'où elle venait.
— Frère, dit-elle, il faudrait que vous veniez me parler par ici en bas.
— Par ma foi, je ne saurai y aller sans caution, car ici je dois déjà cinq sous.
— Taisez-vous : ils seront bientôt remboursés, je les paierai jusqu'au dernier. Cher patron, dites-moi combien mon frère doit ici en tout.
— Cinq sous.
— Voici un gage pour le tout : je vous laisserai mon surcot. Est-ce assez pour payer son écot ?
— Oui, vous avez parlé comme il faut.

Ils sortirent de la maison. Le jeune homme, qui s'appelait Estormi, se mit en route et demanda à sa sœur si c'était son oncle qui le demandait.
— Oui, cher frère, il a bien besoin de vous.
Le logis n'étant pas loin, les voici à la porte, et ils pénétrèrent à l'intérieur. Quand Jean vit son neveu, il laissa éclater sa joie.
— Dites-moi qui vous a causé du tort, cul de Dieu, dit Estormi.
— Je vais te dire, cher ami, toute la vérité, dit messire Jean. Un prêtre a eu la mauvaise idée de venir séduire dame Yfame. Je croyais seulement le blesser, mais je l'ai tué, et cela m'ennuie. Si mes voisins l'apprennent, je serai tout aussitôt un homme mort.
— Vous ne me demandiez jamais, fit Estormi, quand vous étiez riche ; mais je ne serai pas assez paresseux, cul de Dieu, puisque me voici embarqué, pour ne pas vous en débarrasser. Dépêchez-vous, apportez-moi un sac, car il est grand temps.

Et messire Jean, sans tarder, lui apporta le sac. Vers le prêtre qu'il avait dressé contre le mur à côté, il emmena son neveu. Mais quelle peine ils eurent à le hisser sur le cou d'Estormi qui jura par saint Paul qu'il n'avait jamais porté de si pesant fardeau ! Son oncle lui donna un pic et une pelle pour le recouvrir de terre. Et Estormi de s'en aller après avoir fait ouvrir la porte, sans demander de lanterne. Par une fausse poterne, il s'éloigna, chargé de son fardeau : il ne tenait à passer par la grand-porte. Une fois en pleine campagne, il jeta le prêtre par terre et creusa la fosse au fond d'un fossé ; il enterra l'homme avec sa grosse panse et le recouvrit de terre. Il reprit son pic et sa pelle, et alors il s'en retourna. Jean, quant à lui, s'était arrangé pour mettre l'autre prêtre à la place et à l'endroit de celui qui en avait été enlevé pour être enterré. Ah ! oui, il avait bel et bien été mis en terre !

Or voici qu'Estormi était parvenu à la porte, et on lui ouvrit.
— Il est bel et bien enfoui, fit-il, et recouvert de terre, notre monseigneur.
— Cher neveu, je peux proclamer que je joue de malchance, répondit Jean, car il est revenu. Aucun secours ne m'empêchera d'être pris et mis à mort.

— Il faut qu'il ait le diable au corps, car ce sont eux qui l'ont rapporté ici même. Eh bien ! même s'il y en avait deux cents, je les enterrerai avant le jour.

À ces mots, il repartit avec son pic, son sac et sa pelle, puis il dit :

— Jamais il n'est arrivé une telle aventure dans le monde entier. Par ma foi, que Dieu m'anéantisse si je ne vais pas l'enterrer de nouveau ! Je serais un infâme poltron si je laissais déshonorer mon oncle.

Il se dirigea alors vers le prêtre qui était affreusement laid et, en homme qui n'était pas plus poltron que s'il était tout entier de fer, il lui dit :

— Par tous ceux de l'enfer, vous voilà revenu ! Vous y êtes bien connu puisqu'ils vous ont rapporté ici.

Il attrapa le prêtre et l'emporta. Avec lui il se mit à courir sur le sentier de la cour, sans vouloir le mettre dans le sac. Il le regardait souvent de biais et le brocardait :

— C'est donc pour la dame que vous étiez revenu si récemment ? Jamais aucune épouvante ne m'empêchera de vous enterrer.

Il s'approcha de la haie contre laquelle il appuya celui qu'il portait, le surveillant du regard de peur qu'il ne s'enfuie. Il creusa une fosse très profonde, prit le prêtre et le jeta au fond où il le coucha de tout son long. Puis il lui couvrit de terre les yeux, la bouche, tout le corps, jurant par tous les saints d'Angleterre, par ceux de France et ceux de Bretagne, qu'il serait tout à fait vexé si le prêtre revenait aujourd'hui. Mais si, pour celui-là, il est tranquille, car il ne pourra pas revenir ; en revanche, pour le troisième, qu'il soit au rendez-vous ! Il le trouvera bientôt tout prêt. Il a besoin de s'y préparer, car on le roule dans la farine.

Maintenant il est normal que je vous dise, à propos de Jean, qu'il mit, c'est la vérité, le dernier prêtre à l'endroit d'où avaient été enlevés les deux autres avant d'être enterrés en dehors de l'enclos, et ce, par leur propre faute.

Estormi, aussitôt sa besogne achevée, revint chez lui :

— Ah ! misère ! comme je suis exténué, fit-il, et que j'ai chaud ! Il était très gras et énorme, le prêtre que j'ai enterré ; j'ai creusé longtemps pour le mettre le plus au fond possible. Si les diables ne le font pas revenir, jamais il ne reviendra.

Jean lui répondit qu'il ne verrait jamais l'heure de sa délivrance :
— Je serai livré au déshonneur avant demain soir.
— Comment serez-vous déshonoré ? reprit Estormi.
— Ah ! mon cher neveu, je ne raconte pas d'histoire quand je dis que je suis en grand danger : il est revenu dans notre jardin, le prêtre que vous avez emporté.
— Par ma foi, fit Estormi, vous n'avez fait que mentir, car tout à l'heure vous avez vu de vos propres yeux que je l'ai emporté sur mes épaules. Saint Paul lui-même ne me ferait pas croire, mon oncle, que vous avez dit la vérité.
— Eh bien ! mon cher neveu, venez voir le prêtre qui est revenu,
— Par ma foi, jamais deux sans trois : ils ne me laisseront pas manger de la nuit. Ma foi, il s'imagine qu'il va bien se venger, le diable qui le rapporte, mais je ne suis pas du tout découragé : je me fiche éperdument de leurs prodiges.

Il vint vers le prêtre : il l'attrapa par les oreilles, puis par le gosier, et il jura par le divin postérieur qu'il remettrait le prêtre en terre et que rien ne l'en empêcherait, même s'il avait les diables au corps. À ces mots, il recommença à peiner pour charger le prêtre. Il ne cessait de maudire sa charge, il n'en pouvait plus, tant son poids l'accablait.
— Cœur de Dieu, ce fardeau me crève, fit Estormi, j'y renonce.
Et de le déposer à terre, sans le porter plus loin. Contre un saule il appuya le prêtre qui était gras et gros, mais il sua sang et eau avant d'avoir creusé la fosse. Une fois qu'il l'eut achevée, il vint vers le prêtre et le prit dans ses bras. Le prêtre était grand et Estormi glissa : ils tombèrent tous les deux dans la fosse.
— Par ma foi, je suis cuit, fit Estormi qui se retrouva dessous. Hélas ! je vais mourir ici tout seul, je suis bel et bien coincé.

La main du prêtre se redressa, échappant au bord de la fosse, et lui donna un si violent uppercut que pour un peu elle lui mettait les dents en miettes.
— Oh ! là, là, par le cul de sainte Marie, je suis sonné. Ce prêtre est res-

suscité ! Quel coup il vient de me donner ! Je ne crois pas que je puisse lui échapper : il m'écrase trop, il m'éreinte trop.
Il le saisit par le gosier, il le retourna, et le prêtre tomba.
— Ma foi, fit-il, ça va mal pour vous ! Puisque j'ai maintenant le dessus, je vais salement vous arranger !

Il sauta sur sa pelle et en donna au prêtre un coup si violent qu'il lui mit la tête en miettes comme une vulgaire pomme pourrie. Il sortit de la fosse et recouvrit entièrement de terre le gros fessu. Il trépigna et piétina un bon moment pour tasser la terre sur le prêtre. Il jura ensuite par le corps de saint Richier qu'il renonçait à y comprendre quelque chose si le prêtre revenait à la maison, mais ce ne serait pas lui qui l'enterrerait, car il lui avait causé trop d'ennuis. Tels furent ses propos, et sur ce, il s'en alla.

Il ne s'était guère éloigné quand il entendit un prêtre marcher devant lui : il venait de chanter ses matines pour son plus grand malheur. Il passa devant la façade d'une maison. Estormi, qui était épuisé, le regarda, qui portait une grande cape.
— Oh ! là, là, ce prêtre m'échappe. Cul de Dieu, il repart encore une fois. Qu'est-ce que c'est, messire le prêtre ? Dites donc, vous voulez m'épuiser encore plus ? Vous m'avez fait longtemps veiller, mais ce qui est sûr, c'est que ça ne vous sert à rien !
Il leva le pic et frappa le prêtre près de l'oreille si fort que c'eût été un pur miracle qu'il en réchappât, car le coup de pic projeta au sol la cervelle.
— Ah ! traître parjure, fit-il, comme vous m'avez déshonoré cette nuit !

À quoi bon allonger le conte ? Estormi emporta le prêtre par une brèche près de la porte, et il l'enfouit dans une marnière. Il fit tout exactement de la manière que j'ai racontée et, le prêtre recouvert, il s'en retourna, se dépêchant de revenir, car le jour se levait. Jean, dans sa maison, se tenait appuyé contre la paroi.
— Mon Dieu, disait-il, quand mon neveu reviendra-t-il ? Que je suis impatient de le revoir !

Or le voici qui arrivait par la route, après tant et tant de tourments. Il par-

vint à la porte, son oncle la lui ouvrit aussitôt et l'embrassa en lui disant :
— Je me doute bien de la peine que tu as eue pour moi. J'ai trouvé en toi un excellent ami au cours de cette nuit. Par la foi que je dois à saint Amant, tu peux disposer comme tu veux de ma personne et de mes biens.
— Ça, c'est nouveau, répondit Estormi. Je n'ai cure de deniers ni de richesse. Mais, cher oncle, dites-moi oui ou non si le prêtre est revenu.
— Non ; je suis tiré d'affaire ; jamais on ne me soupçonnera.
— Eh bien ! cher oncle, je vais vous dire une drôle d'histoire. Quand j'eus recouvert le prêtre de terre, écoutez donc ce qui m'arriva : le prêtre revint devant moi au moment où j'allais entrer dans le village. Il crut m'échapper par ruse, mais je lui donnai du pic un coup si violent que je répandis sa cervelle sur le chemin. Je le pris, je rentrai par la poterne et je le jetai en contrebas : je l'ai balancé dans un bourbier.

Quand Jean eut écouté le discours que lui tint son neveu, il lui dit :
— Tu t'es bien vengé de lui. Par ma foi, ajouta-t-il tout bas, c'est encore pire, car celui-là n'avait rien fait de mal. Mais tel paie la faute sans avoir mérité de mourir.
C'est bien à tort qu'il perdit la vie, le prêtre tué par Estormi, mais le diable a un pouvoir exceptionnel pour tromper et surprendre les gens.

Par l'histoire des prêtres, je veux vous apprendre que c'est folie de convoiter et de fréquenter la femme d'un autre. Cette leçon est sans équivoque : croyez-vous que, quelle que soit sa pauvreté, une honnête femme se dévergonde ? Non, elle se laisserait plutôt trancher la gorge avec un rasoir que de faire pour de l'argent quelque chose qui déshonore son mari. Ces trois-là qui voulurent déshonorer Yfame ne furent pas embaumés quand ils furent enterrés, mais ils furent payés à leur juste prix.
Ce fabliau donne une bonne leçon en enseignant à chaque prêtre de bien se garder de boire à la même coupe que ces trois-là qui perdirent la vie à cause de leur folie et de leur méchanceté. Vous avez bel et bien entendu comment ils furent mis en terre.

Estormi s'assit pour manger. Il but et mangea son saoul. Le repas terminé, Jean son oncle l'associa à ses biens. Mais je ne sais pas combien de temps ils demeurèrent ensemble depuis ce jour. Quoi qu'il en soit, on ne doit pas, à mon avis, mépriser un parent modeste, si pauvre soit-il, à moins que ce ne soit un traître ou un brigand. Car, même s'il est fou ou joueur, il se range en fin de compte. Vous avez entendu à plusieurs reprises dans ce fabliau que Jean, sans son neveu Estormi, eût été couvert de honte, ainsi que sa femme.

Ce fabliau a été composé par Hugon Piaucele.

Gombert et les deux clercs

Dans cette fable je parle de deux clercs qui revenaient des études après avoir dépensé leur argent tant pour s'amuser que pour apprendre. Ils prirent pension chez un paysan. De sa femme, dame Gille, l'un des clercs, dès qu'il vint là, fut si fou qu'il en tomba amoureux ; mais il ne savait comment l'aborder. La dame était mignonne et gracieuse, et ses yeux avaient l'éclat du cristal. Toute la journée, le clerc la fixa, sans porter son regard ailleurs. L'autre s'éprit de la fille au point de ne pas la quitter des yeux. Il fit un choix encore meilleur que son compagnon, car la fille était saine et belle, et je dis que l'amour d'une pucelle, quand ce n'est pas un cœur trompeur qui s'y applique, est plus noble que tous les autres amours, comme l'autour par rapport au tiercelet.

La brave femme nourrissait dans la maison un petit enfant au berceau. Pendant qu'elle s'y occupait, l'un des clercs s'approcha d'elle ; il ôta de la petite poêle l'anneau auquel celle-ci pendait et le passa à son doigt si discrètement que personne ne s'en aperçut. Les provisions de frère Gombert furent cette nuit-là à la disposition de ses hôtes : lait bouilli, fromage et compote, qu'on servit à profusion, comme c'est le cas à la campagne. Toute la soirée, dame Gille fut contemplée par l'un des clercs, qui avait les yeux fixés sur elle sans qu'il pût les en détacher.

Le paysan, croyant bien faire et ne pensant pas à mal, fit faire leur lit auprès du sien ; il veilla à leur coucher et à les bien couvrir. Puis messire Gombert se coucha, une fois réchauffé au feu de paille. Sa fille couchait toute seule.
Dès que la maison fut endormie, le clerc ne perdit pas le nord. Le cœur battant à tout rompre, muni de l'anneau de la poêle, il s'en vint au lit de la pucelle. Mais écoutez donc ce qui lui arriva. Il se coucha à côté d'elle et souleva les draps.
— Qui est-ce donc qui me découvre ? fit-elle, quand elle sentit sa présence. Seigneur, par Dieu le tout-puissant, qu'êtes-vous venu chercher ici à une telle heure ?
— Ma belle, que Jésus m'aide, n'ayez pas peur que je vous monte dessus.

Mais taisez-vous, ne faites pas de bruit, de peur que votre père ne se réveille, car il s'imaginerait des choses extraordinaires s'il savait que je fusse couché avec vous ; il s'imaginerait que j'aie fait de vous toutes mes volontés. Mais si vous acceptez de me faire plaisir, il vous en viendra bientôt un grand bonheur, et vous aurez mon anneau d'or qui vaut plus de quatre besants[7]. Sentez donc comme il est pesant : il est trop grand pour mon petit doigt.

Alors il lui passa l'anneau au doigt, plus loin que l'articulation, et elle, tout en se rapprochant de lui, jurait qu'elle ne le prendrait pas. Cependant, à tort ou à raison, ils se prodiguèrent tant de bonnes grâces que le clerc fit la chose avec elle. Mais plus il l'étreignait et l'embrassait, plus son compagnon était malheureux de ne pouvoir rejoindre la dame, comme le lui rappelait l'autre qu'il entendait prendre son plaisir. Ce qui pour l'un était le paradis, était pour l'autre un véritable enfer.

C'est alors que messire Gombert se redressa et se leva tout nu pour aller pisser. Le clerc vint jusqu'au bord du lit, par-devant, et prit le berceau avec l'enfant qu'il posa près du lit où il était couché. Voilà maître Gombert trompé, car il avait l'habitude, la nuit quand il revenait de pisser, de jeter d'abord un coup d'œil au berceau. Comme c'était son habitude, messire Gombert vint à tâtons jusqu'au lit, mais le berceau n'y était pas : ne le trouvant pas, il se tint pour un parfait imbécile et crut avoir pris un autre chemin :
— Le diable, fit-il, m'ensorcelle, car mes hôtes couchent dans ce lit.

Il vint alors du côté de l'autre lit et sentit le berceau avec le maillot, tandis que le clerc se reculait contre le mur pour que le paysan ne le sentît pas. Gombert fit grise mine de ne pas trouver sa femme : il crut qu'elle s'était levée pour pisser et faire ses besoins. Le paysan, sentant les draps chauds, s'y glissa. Le sommeil le prit, et il s'endormit sur-le-champ. Le clerc, lui, ne perdit pas de temps : il alla coucher avec la dame, et, sans lui laisser le loisir de se moucher, il la sauta à trois reprises. Maître Gombert a de bons serviteurs : ils n'y vont pas de main morte avec lui !

---

7   Monnaie byzantine d'or ou d'argent.

— Messire Gombert, fit dame Gille. Pour un vieux complètement usé comme vous êtes, vous voici, cette nuit, drôlement en chaleur. Je ne sais à quoi vous avez pensé. Il y a longtemps que ça ne vous était plus arrivé. Croyez-vous que ça ne me pose pas de problèmes ? Vous l'avez fait cette nuit comme si c'était la dernière. Cette nuit, vous avez fait de la très bonne besogne : vous n'avez pas été longtemps inactif.

Le clerc ne la contraria pas beaucoup, mais il s'occupa à prendre son plaisir, la laissant débiter ses propos dont il se moquait éperdument. Quant au clerc qui couchait avec la fille, quand il se fut bien satisfait, il songea à regagner son lit avant que le jour ne fût levé. Il retourna dans son lit où Gombert son hôte était couché, et il lui donna dans les côtes un grand coup avec le poing ainsi qu'avec le coude.
— Pauvre type, tu as bien gardé le lit, lui dit-il, tu ne vaux pas un clou ; mais avant de partir d'ici, je t'en raconterai une bien bonne.
Alors messire Gombert se réveilla ; il comprit aussitôt qu'il avait été ridiculisé et trompé par les clercs et leurs subterfuges.
— Dis-moi donc, fit-il, d'où tu viens.
— D'où ? dit-il, et il déclara tout de go : Crédié, je viens de baiser, et qui ? la fille de notre hôte. Je l'ai prise de tous les côtés, j'ai mis en perce son tonneau, et je lui ai donné l'anneau de la petite poêle en fer.
— Que ce soit donc par tous ceux de l'enfer, s'écria Gombert, par les centaines et les milliers de diables !

Il l'attrapa par les hanches et le frappa du poing près de l'oreille, mais l'autre lui répliqua par une telle gifle qu'il en vit cent mille chandelles, et ils s'empoignèrent par les cheveux si fort (comment le dire autrement ?) qu'on aurait pu les porter sur une barre d'un bout à l'autre du village.
— Messire Gombert, dit dame Gille, levez-vous vite, car il me semble que les deux clercs sont en train de se battre. Je ne sais pas ce qu'ils ont à régler.
— Madame, je vais les séparer, dit l'autre qui s'en alla de leur côté.

Il faillit arriver trop tard, car son compagnon était par terre. Mais quand il se précipita sur eux, Gombert eut le dessous : les deux clercs l'attrapèrent, l'un le battant et l'autre le foulant aux pieds. L'un le jeta tant contre l'autre qu'il eut, à mon avis, le dos aussi moulu que le ventre. Une fois qu'ils l'eurent ainsi arrangé, tous deux prirent la fuite par la porte qu'ils laissèrent grande ouverte.

Cette fable nous apprend qu'aucun homme qui a une belle femme, ne doit, pour aucune prière, laisser un clerc coucher dans son hôtel, de peur qu'il ne lui joue le même tour. À faire du bien à ces gens, on est souvent perdant : telle est la leçon du fabliau de Gombert.

Le Pet au vilain

Au paradis du ciel, il y a large place pour les gens charitables. Mais ceux qui n'ont en eux ni charité, ni sagesse, ni bonté, ni sincérité, sont exclus de cette joie. Et je ne crois pas, à vrai dire, que quelqu'un ait une chance de jouir du paradis s'il n'y a pas en lui un peu d'humanité. Je dis cela pour la race des vilains[8] depuis toujours détestés par les clercs et les prêtres ; et je ne crois pas qu'en paradis Dieu leur réserve une place. Jamais ne plaise à Jésus-Christ que les vilains aient hébergement avec le fils de sainte Marie. Ce ne serait ni sage ni juste, comme il est dit dans l'Écriture[9]. S'ils ne peuvent obtenir place en paradis par de l'argent ou tout autre moyen, l'enfer aussi leur est interdit, ce qui fait bien du tort aux diables. Vous allez entendre par quelle méprise la prison des enfers leur fut interdite.

Il y avait jadis un vilain qui était malade, et l'enfer avait tout préparé pour recevoir son âme, je vous dis la pure vérité. Un diable donc est arrivé pour faire respecter les droits de l'enfer. Une fois entré chez le vilain, il lui suspend au cul un sac de cuir, car le diable est convaincu que l'âme va s'en aller par le cul[10]. Mais le vilain pour se guérir avait ce soir-là pris une potion. Il avait tant avalé de bon bœuf à l'ail et de bouillon bien gras et bien chaud que sa panse, loin d'être molle, était tendue comme une corde de citole[11]. Il n'a plus peur de trépasser : il sera guéri s'il peut maintenant sortir un pet. Il s'efforce en mettant forte force, Il fait effort de toute sa force ; il s'efforce tant, et tellement s'évertue, tant se tortille, tant se remue qu'il lâche un pet magnifique. Le pet remplit le sac et le diable le ferme avec une corde. Disons que le diable, pour sa pénitence, lui avait piétiné la panse, et comme dit le proverbe : trop comprimer la panse finit par faire chier.

Toujours est-il que le diable refait le chemin jusqu'à la porte de l'enfer,

---

8 Le vilain est un paysan ; mais il lui est souvent reproché de ne pas aimer les prêtres ni la religion, bref d'être un rustre et de ne pas mériter le paradis.
9 Les évangiles qui parlent de Jésus et de sa mère Marie.
10 Dans les fresques du Moyen Âge, on voit souvent l'âme d'hommes religieux, représentée sous forme d'un petit bonhomme nu, quitter le corps par la bouche pour monter vers le ciel.
11 Instrument de musique à cordes, du genre cithare ou guitare.

avec le pet enfermé dans le sac. En enfer, il jette le sac et tout, et le pet s'en échappe. Tous les diables indignés et très en colère maudissent l'âme du vilain. Ils tinrent conseil le lendemain et tombèrent d'accord sur ce point : personne ne pourra plus apporter une âme sortie du corps d'un vilain ; elle pue trop en effet, et on ne peut rien y faire. Résultat de cette décision : Le vilain à qui le paradis est interdit ne peut pas non plus aller en enfer, et vous en savez la raison.

Rutebeuf ne pourrait, à vrai dire, désigner un endroit où placer l'âme des vilains depuis que les portes du ciel et de l'enfer lui sont fermées. Peut-être qu'elle pourrait aller chanter avec les grenouilles, c'est à son avis, ce qu'elle aurait de mieux à faire, ou alors qu'elle s'en aille tout droit, pour alléger sa pénitence, au pays du père d'Audigier[12], qui vit au pays de Cocuce, où Audigier chie dans son bonnet.

---

12 Parodie de chanson de geste, de fin du XIIe ou début du XIIIe siècle, éminemment scatologique. (517 vers décasyllabiques – auteur inconnu)

Le Prêtre crucifié

Je veux commencer une histoire que j'ai apprise de monseigneur Roger, qui était passé maître dans l'art de sculpter des statues et de tailler des crucifix. Loin d'être un apprenti, il y excellait. Mais sa femme n'avait en tête que l'amour d'un prêtre. Son mari lui fit croire qu'il devait aller à un marché pour y porter une statue dont il tirerait, dit-il, de l'argent. La dame l'approuva bien volontiers, elle en fut toute joyeuse. À voir son visage s'éclairer, il comprit aisément qu'elle brûlait de le tromper, comme elle avait l'habitude. Pour cette raison, il chargea alors sur son cou un crucifix et il quitta la maison.

Il alla jusqu'à la ville où il resta pour attendre le moment où il croyait que les deux amants se retrouveraient. Le cœur frémissant de colère, il revint chez lui et, par un trou, il les vit assis en train de manger. Il appela, mais ce fut à contrecœur qu'on alla lui ouvrir la porte. Le prêtre ne savait par où s'enfuir :
— Mon Dieu, dit le prêtre, que ferai-je ?
— Je vais vous le dire, fit la dame : déshabillez-vous et allez là-bas dans cette pièce, et étendez-vous parmi les autres crucifix.

Bon gré mal gré, le prêtre obéit, soyez-en sûrs. Il eut tôt fait de se déshabiller et, parmi les statues de bois, il s'étendit comme s'il était l'une d'elles.
Le brave homme, ne le voyant pas, comprit vite qu'il s'était réfugié parmi les statues. Mais il fit preuve de beaucoup de sagesse : il mangea et but copieusement, en prenant son temps, avant de bouger. Une fois levé de table, il commença à aiguiser son couteau avec une grosse pierre. Le brave homme était fort et courageux.
— Madame, allumez vite une chandelle et venez avec moi là-bas où j'ai à faire.

Elle n'osa refuser : elle alluma une chandelle et accompagna son mari dans l'atelier sans perdre une minute. Le brave homme, tout aussitôt, vit le prêtre étendu : il le reconnut parfaitement à voir les couilles et la bite qui pendait.

— J'ai fait un sale travail en sculptant cette statue. Ma foi, j'étais saoul pour y laisser ce machin. Allumez, je vais arranger ça !

Le prêtre n'osa pas bouger, et ce que je vous dis, c'est la vérité : il lui coupa la bite et les couilles sans rien lui laisser ; il lui coupa absolument tout. Quand le prêtre se sentit blessé, il prit la fuite, et notre brave homme, tout aussitôt, de crier à tue-tête :

— Seigneurs, arrêtez mon crucifix qui vient de m'échapper !

Le prêtre rencontra alors deux gaillards qui portaient une cuve. Il aurait mieux valu pour lui être en Arles, car il y avait un voyou qui tenait en main un levier, et qui l'en frappa sur le cou, l'abattant dans un bourbier. Après qu'il l'eut abattu, voici que survint notre brave homme qui l'emmena dans sa maison : il lui fit payer aussitôt une rançon de quinze livres sans lui faire grâce d'un denier.

Cet exemple nous démontre qu'aucun prêtre, pour rien au monde, ne devrait aimer la femme d'autrui, ni rôder autour d'elle, quelle que soit la personne en cause, de peur d'y laisser les couilles ou un gage, comme ce fut le cas de ce prêtre Constant qui y laissa ses pendants.

Le Prêtre Teint

Il est bien juste que je rapporte, puisque personne ne m'en empêche, une aventure que je connais, et qui arriva début mai dans la bonne cité d'Orléans où j'ai été mainte et mainte fois. L'aventure est bonne et belle, et les vers tout frais et nouveaux, étant donné que je les ai composés l'autre jour à Orléans où je fis un séjour. J'y ai séjourné et j'y ai été si longtemps que j'ai mangé et bu mon manteau, une tunique et un surcot. J'y ai très bien payé ma note, et je ne dois plus rien à l'aubergiste qui accueille volontiers les gens de notre espèce. Quand ils entrent, il leur fait de beaux sourires ; au départ, il est tout différent. Il sait bien compter tout ce qu'il offre, même le sel qu'il ajoute dans le pot ; les aulx, le verjus et le bois, il ne laisse rien qu'il oublie de compter. Ainsi son écot ne lui coûte-t-il rien. Jusqu'à la Pentecôte, je ne veux pas descendre chez un tel aubergiste. Il me ferait souvent vendre mes vêtements. Une telle auberge, je la voue aux diables. Je n'y entrerai plus jamais, je n'en ai nulle envie.

Mais maintenant je veux vous raconter cette aventure qui arriva cette année, avant la fête de saint Jean, dans la cité d'Orléans, chez un bourgeois qui était très généreux envers un prêtre son voisin. Le bourgeois n'aurait jamais eu de bon vin ni de bonne nourriture pour son repas sans en envoyer au prêtre. Mais ce dernier faisait fi de toutes les générosités du bourgeois : il aurait préféré coucher avec sa femme qui était une dame fort courtoise, fraîche, gracieuse et belle.
Chaque jour, le prêtre la sollicitait et la suppliait de lui accorder son amour : la bonne dame lui répondait qu'il n'arriverait jamais qu'elle fît à son mari tort, outrage ou honte, dût-elle en mourir. Furieuse que le prêtre lui eût tenu tous ces propos, elle le couvrit d'injures et de malédictions, elle le mit à la porte et le frappa si fort avec un bâton que pour un peu elle lui brisait le front.

Le prêtre, avec sa honte, s'enfuit chez lui. Il fit le tour de la question pour savoir par quelle ruse, par quel moyen, argent ou prière, il pourrait prendre son plaisir de ce dont elle le tourmentait. Ce n'est pas parce qu'elle l'avait battu (pour lui c'était sans aucune importance qu'elle l'eût frappé à la tête) mais ce qui lui brisait le cœur, c'est qu'elle eût refusé son amour. Elle occupait toutes ses pensées. Il alla s'asseoir devant sa porte, avec l'espoir d'apercevoir une vieille femme ou une jeune fille à qui il pourrait dévoiler ses sentiments et demander de l'aide. Voyant son landier[13] devant le feu, il le jeta contre le mur. Il était dans tous ses états, car personne ne pouvait savoir ce qu'il avait dans le cœur. Il saisit son corbillon[14] par l'anse et, le piétinant, il le mit en pièces. Jamais personne ne vit ce prêtre dans une telle colère. Le voici privé de sa mémoire, de sa sagesse et de son savoir, puisqu'il ne pouvait avoir celle qui lui montrait tant d'orgueil.

Alors il alla s'asseoir sur le seuil et, regardant en bas de la rue, il aperçut dame Hersent, la marguillière de l'église, qui en savait long dans ce genre d'affaire. Il n'était au monde prêtre ni moine ni bon ermite ni bon chanoine qu'elle ne délivrât de sa détresse pour peu qu'on lui parlât. Quand le prêtre la vit venir, il eut grand-peine à se retenir de l'appeler : il lui fit signe du doigt. Dame Hersent s'approcha donc. Le prêtre la salua de loin et lui dit :
— D'où venez-vous, commère ?
— Sire, du bas de ce chemin où je file ma quenouille.
— Je meurs d'envie, dit le prêtre, de pouvoir vous parler un peu.

Il se mit alors à la prendre par le cou, tout en regardant en bas de la rue, de peur qu'on ne le vît. Ils rentrèrent dans sa maison. Quelle bonne rencontre pour le prêtre, puisqu'il était avec cette femme si avisée à qui il pouvait ouvrir son cœur ! Une fois qu'ils furent entrés dans sa chambre, le prêtre lui confia qu'il était bien ennuyé et contrarié de ne pouvoir mener à bonne fin son affaire. La vieille lui assura alors qu'il aurait tort de douter de toute son aide. Le prêtre prit aussitôt et lui donna dix sous qu'il avait dans sa bourse. L'entremetteuse, la main remplie de deniers, se leva en lui disant :
— C'est dans un grand besoin qu'on doit bien aider son ami.

Elle partit sans tarder après avoir pris congé. Le prêtre la recommanda à

---

13 Grand chenet qui autrefois, dans les grandes cheminées de cuisine, supportait des broches à rôtir et permettait de maintenir à la chaleur du charbon de bois des aliments dans les corbeilles de fer les surmontant.
14 Vx. Petite corbeille.

Dieu et la pressa de s'occuper de son affaire. La vieille ne s'était pas beaucoup éloignée quand elle arriva chez la bourgeoise qui était très honnête et courtoise. La dame, la voyant s'approcher, la salua, car elle ne savait pas que l'autre venait pour la déshonorer. Sans la laisser s'asseoir par terre, elle l'installa sur le lit à côté d'elle, pour la plus grande joie de la vieille qui ne cherchait rien d'autre et qui finit par lui dire :
— Madame, j'ai à m'entretenir avec vous, et vous ne devez pas vous étonner que je sois venue vous voir : le meilleur seigneur de toute la cité vous salue. Sachez que c'est la stricte vérité.
— Et qui est-ce ?
— Sire Gerbaut, que votre personne enflamme de joie et d'amour. Par mon entremise, il vous déclare son amour et vous prie d'être son amie.

Quand la dame eut écouté tout le discours d'Hersent, elle lui répondit en ces termes :
— Dame Hersent, je ne tiens pas à être votre élève. Jamais en ce domaine vous ne serez mon maître au point que, à cause de vous, je me déshonore. Si on ne le jugeait pas déshonorant, je vous donnerais (un bon coup) de mon poing, ou de ma paume, ou de bâton.
— Madame, ce ne serait pas malin. Il n'y a pas, dans tout Orléans, de bourgeoise qui ne choisisse son ami par mon entremise.
Alors la bourgeoise lui donna deux coups très violents à travers le visage et lui dit :
— Maudite soit votre personne pour être venue dans cette maison aujourd'hui ! Pour un peu je vous ferai des ennuis, et peu importent les conséquences !

Hersent, sans demander congé, sortit de la maison, pâle de honte et suant à grosses gouttes. Elle alla se plaindre à son prêtre ; elle lui raconta sans rien cacher comment la dame l'avait traitée. Les plaintes d'Hersent ne remplirent pas le prêtre de joie. Il lui dit de se taire, car il saura bel et bien la venger sans avoir besoin de frapper ni même la toucher. Il lui promit, certifia et jura que, pour ces coups, il excommunierait la dame et que jamais elle ne s'en tirerait autrement.

Sur ce, Hersent prit congé. Le prêtre, enflammé de rage, s'en alla tout droit à l'église comme pour y célébrer l'office. Il prit la cloche par la corde, il lui accorda ensuite l'autre et il les sonna l'une après l'autre si bien que le peuple s'y réunit. Une fois venus les paroissiens, les uns de près et les autres de loin, survint maître Picon le teinturier, et, après lui, sa femme. À leur vue, le prêtre fut transporté de fureur et il leur dit devant tout le monde :

— Assurément, il ne me paraît ni bon ni convenable que vous entriez dans cette église : aussi longtemps que j'exercerai mon ministère, vous devez être excommunié.

— Dites-moi donc pourquoi, mon bon père, dites-le-moi, je veux le savoir !

— Votre femme a poussé l'audace jusqu'à battre hier ma marguillière, avec l'aide de sa servante. La victime est venue porter plainte. Si vous voulez réparer la honte et le tort que votre femme lui a faits, elle l'acceptera volontiers.

— Chantez donc maintenant la messe, car on vous dédommagera de la faute comme vous le demandez.

Quand le prêtre eut entendu la promesse, il se dépêcha de chanter sa messe, sans y passer beaucoup de temps. Puis il appela la bourgeoise ainsi que la marguillière, et il les réconcilia. Chacun retourna chez soi. Maître Picon s'enquit de l'affaire auprès de sa femme : qu'elle lui dise, sans mentir ni ruser, la raison de la plainte ; il veut en savoir la vérité. Elle répondit :

— Je vais vous dire, sans mentir en rien du tout, la raison de cette plainte. Comme le prêtre me sollicitait de son amour, il m'envoya son entremetteuse, soyez-en sûr et certain, et elle m'incita à faire des folies. Le salaire qu'elle demandait, je le lui ai bien payé, car c'était mon devoir de le faire.

Maître Picon, comprenant que la raison et le droit étaient du côté de sa femme, dit qu'il regrettait fort qu'elle ne l'eût pas plus rudement battue.

— Si le prêtre vous harcèle encore, dites que vous ferez sa volonté, mais qu'il soit très généreux et qu'il vous fasse savoir le jour où il voudra prendre tout son plaisir de vous.

La dame promit alors de faire sans rechigner tout ce que son mari lui di-

sait. Elle sortit de chez elle et, comme le prêtre, de son côté, se rendait chez sa marguillière, il la rencontra en chemin. À sa vue, il la salua et, tout aussitôt, il l'entreprit sur ce qu'il lui avait demandé. La dame lui répondit :
— Je me mettrai entièrement à votre service, pourvu que j'en tire un profit.
Le prêtre, qui n'avait que cela en tête et qui était enivré d'amour pour elle, promit de lui donner dix livres.
— C'est assez, fit la dame.
— Retrouvons-nous donc tout de suite !
— Impossible avant demain où mon mari ira à la foire. Mais, si vous ne voulez pas me croire, vous pouvez bien y venir cette nuit.
— Mon Dieu, dit le prêtre, cette nuit… Quand viendra-t-elle ? Ce qu'elle tarde à venir ! Je ne pense jamais voir ce moment où je vous tiendrai dans mes bras. Mainte et mainte fois je vous prends dans mes bras la nuit dans mon sommeil, me semble-t-il.

La dame, fort courtoisement, prit congé du prêtre qui lui dit :
— Quand viendrai-je ?
— Sire, demain après la messe, et apportez-moi ce que vous m'avez promis, ou autrement ne venez pas !
Elle le quitta sur-le-champ et rentra chez elle où elle rencontra son mari qui lui demanda d'où elle venait.
— Sire, répondit-elle, vous ne vous souvenez pas de sire Gerbaut le prêtre ? Il m'a exposé son affaire et comment il compte la mener. Si vous le voulez, demain on prendra au piège ici même maître Gerbaut le prêtre.

Ces propos remplirent de joie Picon quand il sut que le prêtre viendrait.
— Madame, fit-il, il vous faudra, si vous voulez bien le tromper, préparer un bain pour le baigner et apprêter un bon repas. Quant à moi, j'irai alors faire un tour dehors, là-bas, dans le verger. Dès que je penserai que le repas sera bel et bien préparé, je m'approcherai comme si je n'étais au courant de rien, et vous, tout de suite, amenez-le à se précipiter dans la cuve.
Sur ce, ils mirent fin à leur entretien. Ainsi préparèrent-ils l'entreprise et, cette nuit-là passée, sire Picon s'en alla. Il appela tous ses serviteurs et les emmena tous avec lui : à aucun moment il ne voulut leur dire pourquoi.

Le prêtre, tout impatient et brûlant pour la dame, ne fut pas paresseux ni indolent. Il prit sur ses deniers dix livres qu'il avait comptées dès la veille, et il n'était pas si chargé qu'il n'emportât une oie grasse. Tout aussitôt il parcourut le chemin et entra chez la bourgeoise. Laquelle n'en fut guère fâchée : elle prit les deniers avec un beau sourire, puis elle dit à sa servante :
— Va, ferme la porte et prends l'oie qu'il apporte.
Et la servante d'exécuter aussitôt tous ses ordres : elle ferma la porte, prit l'oie que le prêtre avait tuée, la pluma et la mit sur la broche. La dame, elle, se dépêcha de chauffer le bain et de faire du feu. Quant au prêtre, sans guère tarder, il se déchaussa et se déshabilla ; dans le bain qui avait été préparé, il sauta nu, sous les yeux de la dame. C'est alors que maître Picon se présenta devant sa porte fermée. Il appela sa servante si haut que tous l'entendirent. « Seigneur, j'arrive », répondit-elle, tandis que le prêtre bondissait hors du bain et entrait dans une autre cuve, pleine de teinture de brésil[15] et de cochenille, où la dame le fit sauter. Il sera bien teint, c'est sûr, avant de sortir de la cuve ! Voici donc le prêtre dans l'étuve que la dame avait bien couverte. La servante ouvrit la porte et dit à son maître :
— Soyez le bienvenu ! Vous avez eu du flair en revenant ici : le repas est tout prêt, il manque seulement quelqu'un pour préparer la sauce.

Maître Picon se réjouit d'être venu au bon moment. Il prit le mortier sans plus tarder, et prépara et lia la sauce. De son côté, la dame ne perdit pas de temps pour mettre la nappe sur la table. La servante, qui se faisait une grande joie de la fête, dit au maître de prendre et de découper l'oie, car elle était cuite à point. Il n'eut aucune peine à le faire. Tous se mirent à table. Maître Picon, qui voulait se venger, se souvint de son prêtre :
— Allons voir où en est la teinture, si mon crucifix est bien teint, celui qu'on m'a commandé aujourd'hui. Allons le retirer par le nom de Dieu. Ma petite, ravivez le feu et plaçons-le un peu plus haut.
Quand le prêtre entendit ces paroles, il plongea la tête dans la teinture de peur d'être reconnu. Alors Picon s'avança et s'en alla vers sa cuve, accompagné de sa femme et de ses serviteurs qui soulevèrent le couvercle.

---
15 Teinture rouge. Pareil pour la cochenille.

Ils y trouvèrent le prêtre étendu, comme s'il avait été fabriqué en pierre ou en bois. Par les pieds, par les cuisses et par les bras, ils le prirent de tous les côtés et le soulevèrent de plus d'une toise.
— Dieu, fit maître Picon, comme il est lourd ! Je n'ai jamais vu de crucifix aussi pesant.
Si le prêtre avait osé parler, il aurait riposté, mais il avait la bouche si bien fermée qu'il n'en sortit ni son ni souffle. On eut toutes les peines du monde à le tirer de la cuve.

Maintenant écoutez une drôle d'aventure. Il était tellement imprégné de teinture qu'il était plus coloré et plus vermeil que le soleil au petit matin du jour où il doit le plus briller. Sans l'inviter à manger, ils l'installèrent à côté du foyer et ils le calèrent – je ne raconte pas d'histoires ! Puis ils revinrent se mettre à table, ils se rassirent et recommencèrent à manger.

Le prêtre était gros et gras, il baissait un peu la tête, il ne portait ni chemise ni braies. Le feu clair qui lui chauffait le dos lui fit dresser son outil. Jugez de son embarras ! La dame le regarda du coin de l'œil, et maître Picon le remarqua. Voulant faire rire ses gens, il s'adressa à sa femme :
— Madame, fit-il, je vous assure que je n'ai jamais vu un crucifix de ce genre, avec des couilles et une pine. Ni personne ni moi n'en avons jamais vu.
— C'est la vérité, dit la dame. Il n'était pas très malin, celui qui le tailla de cette manière. Je crois qu'il a un trou par-derrière. Il l'a plus grande que vous, et plus grosse, c'est évident.

Alors maître Picon appela sa servante qui était une fine mouche :
— Va derrière cette porte, fit-il, et apporte-moi ma cognée tranchante : je lui couperai ces couilles et cette pine qui pendouille trop bas.
La servante, qui avait compris, vint ouvrir toute grande la porte. Pendant qu'elle cherchait la cognée, le prêtre empoigna ses couilles et s'enfuit en descendant la rue. Et maître Picon de le poursuivre de ses huées. Le prêtre se précipita chez lui.
Maître Picon ne demandait rien d'autre que d'être vengé du prêtre. Il est maintenant bien débarrassé de lui.

Les Tresses

Il y eut jadis un chevalier courageux, courtois, éloquent, sage et plein de qualités, qui recherchait tellement la prouesse que jamais il ne voulut reculer devant aucune entreprise qui fût à sa portée. Il réussissait si bien partout, son comportement plaisait tant à tout le monde qu'il acquit une si grande renommée qu'on ne parlait que de lui. Et s'il possédait la sagesse et le courage, il était tout aussi généreux, une fois le heaume enlevé. Il était valeureux en champ clos autant qu'à la maison.

Il avait une femme de grande naissance qui avait donné tout son cœur à un chevalier du pays. Il n'était pas natif de la ville, mais il possédait une autre demeure à environ six ou sept lieues. Il n'osait pas y venir souvent de peur qu'on n'eût vent de l'intrigue. Il sut bien plaider sa cause, sans oser l'ébruiter auprès de qui que ce fût.

Je dis qu'un chevalier se déshonore et se soucie peu de son amour s'il accorde sa confiance à une Richeut. C'est pourquoi notre homme ne voulut pas faire d'elle son messager. Mais il avait une sœur fort avisée qui se fit épouser par un jeune homme ; or celui-ci était le cousin de cette dame qui résidait dans la ville. L'amant voulut profiter de sa liaison, si possible sans que personne apprît leur intrigue au point de la connaître et d'en répandre le secret, car il était préférable de ne pas encourir de blâme en allant chez sa sœur pour y rencontrer son amie et lui parler.

Un jour qu'il avait fait venir son amie chez sa sœur ils ne tardèrent guère à entendre des nouvelles qui n'avaient rien d'agréable, car on leur dit que le mari revenait. La dame se rendit compte qu'il lui fallait partir, et elle recommanda son ami à Dieu. Aussitôt celui-ci de lui demander un don, sans préciser lequel ; et elle le lui accorda, car elle l'aimait beaucoup. Il lui dit alors qu'il voulait coucher avec son mari et avec elle : « Personne ne m'en empêchera », fit celui que possédait un amour parfait. La dame lui accorda cette faveur, car elle eut beau se creuser la tête, elle ne put trouver une autre solution.

La voici revenue chez elle. Elle fit semblant d'être enchantée du retour de son mari, mais c'est à autre chose que pensait son cœur, en proie à la plus vive colère. Je ne veux pas en dire davantage, sinon qu'ils mangèrent et burent à satiété, et qu'ils se couchèrent au moment voulu.

Mais un détail me revient à l'esprit : le mari, à côté de sa chambre, avait fait bâtir une petite écurie, tout à fait adaptée à son cheval qu'il montait à l'ordinaire, et qu'il aimait beaucoup, car il valait quarante livres ; quant aux autres, peu lui importait qu'ils fussent bien ou mal logés, à la seule exception d'une mule.

Quand il arriva, au moment du premier sommeil, que tous ses hommes fussent couchés et qu'il fût temps pour sa maison de prendre du repos, l'ami de la dame s'approcha de la chambre, sur la gauche, et par une fenêtre, il pénétra dans la pièce sans savoir de quel côté était couchée son amie. Il écouta de toutes ses oreilles, il tâta alors et prit par le coude le mari qui ne dormait pas ; celui-ci, sur-le-champ, le saisit à son tour par le poing. Dans un autre bâtiment, à une bonne distance, couchaient les écuyers : le mari aurait pu crier tant et plus avant que d'eux ne lui vînt aucune aide ! Il attaqua celui qu'il tenait par le poing, et l'autre, résistant aussi avec vigueur, se défendit de toutes ses forces. Celui-ci tirait, celui-là poussait ; ils se mesurèrent longuement. Alors l'amant se tint pour complètement fou de s'être jeté dans cette folle entreprise. Ils s'arrêtèrent tous deux à la porte de l'écurie, près de laquelle se trouvait depuis longtemps une cuve renversée. Le mari y culbuta celui qu'il prenait pour un voleur. La dame tremblait beaucoup plus pour son ami que pour son mari qui tenait solidement l'autre après l'avoir battu comme plâtre.

— Allumez une chandelle, dit-il à sa femme, et que ça saute !
— Cher seigneur, que Dieu me vienne en aide ! Jamais je n'ai pu me diriger de nuit ; j'aurais toutes les peines du monde à trouver la porte de la cuisine ; mais confiez-moi donc la garde du brigand : je le tiendrai solidement.
— Je ne voudrais pour rien au monde, par Dieu, qu'il m'échappât. Il aura perdu à jamais le goût du pain quand il sortira d'ici.
— Seigneur, fit-elle, pas de pitié pour lui, puisque le voici pris sur le fait.

Alors la dame l'a saisi par les cheveux, et elle fait semblant de bien le tenir. Le mari, quoi qu'il arrive, se met en quête de lumière. La dame aussitôt de libérer son ami à toute vitesse ; puis elle court détacher la mule qu'elle a saisie par les oreilles, et, pour la maintenir plus solidement, elle lui plonge la tête dans la cuve. Le mari, sans guère s'attarder, prend de la lumière et son épée, se disant qu'il aura tôt fait de couper la tête de son prisonnier. Mais quand il voit la dame tenir la mule, il en est ahuri :

— Madame, dit-il, par Dieu, j'étais bien idiot et bien sot de suivre votre conseil. Je suis bien plus coupable que vous : quand j'eus pris votre coquin, j'aurais dû le tenir fermement. Maintenant, à vous de lui courir après ! Je sais bien que vous vous en moquez, mais, par la foi que je dois à saint Paul, vous ne coucherez plus jamais à mes côtés.

Il l'a alors chassée de sa maison. C'est ainsi que le mari renvoie sa femme qui traverse la rue et entre chez son cousin, car elle avait comme proche voisin le jeune homme qui avait épousé la sœur de son ami. Elle y a retrouvé ce dernier.

Elle avait imaginé une ruse telle que vous n'entendrez jamais parler de la pareille. En effet, elle se rendit dans la maison où habitait une bourgeoise qui en beauté était son parfait sosie. Elle la fit se lever et la pria tant que la dame accepta de faire tout ce qu'elle voudrait.

— Allez donc, fit-elle, sur-le-champ dans ma chambre sans tarder, et faites semblant de pleurer tout près du chevet de mon mari. Vous ne pouvez me rendre un plus grand service que celui-ci.

La bourgeoise s'en alla et s'assit dans la chambre tout près du lit, tandis que la dame coucha avec son ami : elle y serait restée des heures, si elle n'avait écouté que son désir. L'autre commença à se lamenter, à proclamer son malheur et son infortune :

— Puisse-t-il, disait-elle, ne pas vivre longtemps ni même passer cette semaine, celui qui me traite si honteusement !

Le mari se tourne et se retourne, l'air mécontent et excédé, mais il a beau se retourner dans tous les sens, il ne peut arriver à dormir. Il s'est alors levé, transporté de colère. Jamais il n'a eu une si grande envie de malmener et de rosser une femme comme cette fois-là. Aussitôt il fixe ses éperons sans mettre ni ses souliers ni ses chausses ; il se contente d'enfiler sa chemise. Il se précipite sur la femme et la jette à terre en la prenant par les cheveux. Il a glissé ses doigts dans la chevelure, et de tirer, de frapper, de pousser, de traîner, si bien qu'il a toutes les peines du monde à en retirer ses mains, et il donne de si grands coups d'éperons qu'en plus de cent endroits il a fait jaillir le sang qui se répand sur les courroies. La dame, elle, pouvait goûter avec son ami de plus grandes voluptés que la pauvre femme prise au piège. C'est ainsi que le chevalier rosse la bourgeoise, qu'il s'acharne et la couvre d'injures jusqu'à ce que sa colère retombe et qu'il aille se coucher.

Mais il ne jouit pas beaucoup du repos, car elle commence à se lamenter : elle regrette fort de s'être engagée dans cette histoire, elle fait triste et morne figure, car le mari lui a administré une volée de coups. Ce n'est plus un jeu ni une plaisanterie. Du moment qu'elle a commencé, elle crie plus fort que d'habitude, car ses plaies lui font souffrir le martyre. Mais le mari, loin d'en rire, est irrité et excédé contre l'importune. Aussitôt il saute de son lit comme un homme transporté de fureur ; aussitôt il se saisit de son couteau, il sort dans la rue, tout suant d'énervement, et il lui coupe les tresses, la plongeant dans une telle stupeur qu'elle en oublie de pleurer. Mais elle avait tant pleuré que le cœur lui manque et que peu s'en faut qu'il ne se brise.

Le chevalier s'en retourne en emportant les tresses, tandis que la femme, désespérée, va retrouver la dame et lui rapporte ce qui vient d'être conté. Celle-ci lui jure solennellement qu'elle la fera riche pour le restant de ses jours et qu'elle n'a rien à redouter pour ses tresses si elle peut les retrouver : elle les lui arrangera si bien sur la tête que jamais personne, homme ou femme, ne se doutera de sa mésaventure.

La dame se mit en route et ne rencontra personne. Elle marcha si bien qu'elle pénétra dans sa chambre où elle trouva son mari qui dormait, épuisé par sa colère et sa veille. La dame, se gardant bien de le réveiller, s'assit doucement près du lit, pensant aux tresses qu'il avait coupées à la femme et dont elle tirera vengeance un jour, si elle réussit dans son entreprise. Elle les cherche de tous côtés, elle s'applique à fouiller et, glissant les mains au chevet, elle trouve les tresses et les en retire. Impossible de décrire exactement la joie qu'elle en éprouva ! De là elle s'éloigna sans dire un mot, et descendit jusqu'à la pièce où elle coupa la queue d'un cheval, du meilleur de l'écurie. Écoutez donc un proverbe certifié qui, à mon avis, est très répandu : « Sans pécher, on est puni » !

Ainsi la dame coupa-t-elle la queue du cheval qu'elle apporta au chevet de son mari. Jamais il n'y eut de plus grande joie qui pût se comparer à celle-ci ! Tout doucement, pour ne pas le réveiller, elle agit avec tant de discrétion et se coucha toute nue si bien qu'elle n'a remué pied ni main. Il en fut ainsi jusqu'au lendemain, et ils dormirent jusqu'au petit matin.

Quand sonna la première heure, le mari se réveilla, et il fut tout étonné de voir sa femme couchée à côté de lui :
— Qui donc vous a amenée ici ? fit-il. Et qui vous a couchée ici ?
— Seigneur, je vous en demande pardon, mais où devrais-je donc coucher, sinon à côté de vous, moi, votre femme ?
— Comment ? fit-il. Avez-vous donc oublié que moi, hier soir, dans cette chambre, j'ai pris sur le fait votre coquin ? Par celui que les pécheurs prient du fond de leur cœur, quelle folle témérité que d'être entrée dans cette pièce ! Je vous en avais défendu l'entrée pour tous les jours que je vivrai. Vous ne me prendrez pas pour l'ivrogne que vous croyez, Dieu m'en protège !
— Cher seigneur, aussi vrai que je demande à Dieu de m'aider, vous pourriez mieux parler. Ce que je puis vous dire pour me justifier, c'est que je n'ai jamais aimé quelqu'un d'autre, par tous les saints de la sainte Église, ni rien fait qui tournât à votre déshonneur. Vous avez dépassé toutes les bornes, alors que d'ordinaire vous êtes si pondéré. Invoquez Dieu et signez-vous ! Je crains qu'en vous ne se soit logé un fantôme ou le Diable qui vous ait ainsi égaré.
— Ah ! oui, vous m'auriez mis sur la bonne voie si je voulais vous croire. Voulez-vous me faire douter de ce que je tiens avec mes deux mains ?

Votre peau témoigne au moins que, de mes éperons, je l'ai rendue vermeille ! Il n'est rien qui m'étonne autant que de vous voir vivante.

— À Dieu ne plaise que je reste en vie, dit l'autre qui pleure pour le tromper, si jamais hier soir à aucun moment vous m'avez rouée de coups ! »

Aussitôt elle a levé son vêtement et elle lui montre ses flancs et ses hanches, ses bras et ses blanches cuisses, et son visage qu'elle n'avait pas encore fardé. Partout son mari a regardé sans voir le moindre bleu. Avec quelle adresse la dame trompe et mystifie son mari qui en est tout déconcerté !

— Madame, fit-il, on est perdu quand on bat une femme sans la tuer. Je vous avais tant battue que je croyais être sûr et certain que jamais plus vous ne sortiriez. Oui certainement, si vous étiez une bonne chrétienne, vous ne sortiriez jamais plus. Or voici que les diables vous ont guérie ! Mais elle n'aura pas passé de si tôt l'ignoble honte que vous subirez – et vous ne saurez vous en garder – à cause des tresses que vous avez perdues : il vous faudra attendre deux ans avant qu'elles ne retrouvent leur belle apparence.

— Seigneur, dit-elle, il n'y a pas un seul mot de vrai dans tout ce que vous me dites. Vous avez grand tort de me calomnier. Jamais hier soir, je n'ai eu, quelle que fût votre colère, aucun cheveu d'arraché, ou que Dieu me fasse disparaître !

Aussitôt elle délace sa coiffe et présente les tresses qu'il croyait lui avoir enlevées.

— Seigneur, dit la dame, voyez ! Je crois que ce fut un jour interdit qu'on vous saigna au bras droit, ou que vous fîtes mal le signe de la croix hier soir en vous couchant, à mon avis. Vous avez le visage si sombre, ainsi que les yeux, que vous n'y voyez goutte. Ce fut peut-être à cause de la goutte, ou d'un coup de folie, s'il se trouve ; ou c'est un fantôme qui vient parmi les hommes pour les faire extravaguer et déraisonner, et pour plonger les hommes dans la folie. Au bout du compte, il s'évanouit. Quand il a plongé le monde dans la folie, tout ce qu'il fait, il le défait. Cher seigneur, dites-moi par Dieu : est-ce que vous voulez plaisanter ?

De ce qu'il entend, son mari est stupéfait et médusé ; il en rougit. Il lève la main et se signe. Quant à la dame, elle ne l'informe en rien de ce qu'elle a pu faire durant la nuit. Mais lui n'aurait pas encore accepté de se taire, même pour tous les trésors de la Provence : il s'imagine en apporter la preuve, car il s'imagine avoir à portée de main les tresses qu'il avait cachées. Aussitôt il soulève son oreiller, mais son cœur manque d'éclater quand il a découvert la queue : il voit bien que tout va mal.

— Si Notre-Seigneur ne s'en préoccupe pas, dit-il, j'ai fait aujourd'hui une dépense qui m'a coûté cinquante livres. Il fallait que je sois fou et ivre pour couper la queue de mon cheval.

Ah ! si vous aviez vu couler les larmes sur son visage ! Il ne sait que faire, tant il est affligé et effondré, car il se croit ensorcelé, et il l'est vraiment, n'en doutez pas.

— Au secours ! s'écrie alors la dame. Sainte Marie, mon mari est en train de se déshonorer.

— Madame, répondit-il, j'en suis affligé.

Il ajouta aussitôt :

— Madame, oubliez mes fautes et mes propos, je vous en demande pardon au nom de Dieu.

— Bien cher seigneur, répondit-elle, devant Dieu ici présent, je vous pardonne de très bon cœur. Que Dieu garde votre corps des tourments, du diable et des fantômes ! Seigneur, faites vœu d'aller à Vendôme, car vos yeux sont obscurcis. Ne l'oubliez pas, ne cherchez ni répit ni délai, mais allez à la Sainte Larme. Je sais bien que dès que vous l'aurez vue, Dieu vous rendra la vue.

— Madame, vous dites vrai. Je veux partir ce matin, car j'ai grande envie de recouvrer la vue. »

Le matin même, il s'exécuta. Dès lors il ne dit plus rien sans croire, si sa femme le contredisait, que ce fût un mensonge ou qu'il l'eût rêvé.

Par ce fabliau, vous pouvez savoir qu'on n'agit pas sagement en chassant sa femme la nuit si elle se dévergonde. Une fois dehors, elle peut très facilement déshonorer son mari. C'est là-dessus que je veux finir mon conte.

Le Vilain de Bailleul

Si un fabliau peut être véridique, alors il arriva, comme le dit mon maître, qu'il y eut un paysan qui demeurait à Bailleul, et qui peinait sur ses blés et ses terres, n'étant ni usurier ni banquier. Un jour, à l'heure de midi, il revint chez lui mourant de faim.
C'était un grand et effrayant bonhomme, un vrai diable à la hure repoussante. Sa femme ne faisait pas cas de lui, car il était sot et hideux, et elle aimait le chapelain. Aussi avait-elle choisi ce jour-là pour le passer avec le prêtre. Elle avait tout préparé : le vin était déjà dans le baril, le chapon était cuit, et le gâteau, je crois, était recouvert d'une serviette.

Or voici le paysan qui bâille de faim et de lassitude. Elle court lui ouvrir la barrière, elle se précipite à sa rencontre, mais elle se serait bien passée de sa venue : elle aurait préféré en recevoir un autre. Puis elle lui dit pour tromper, en femme qui, assurément, l'eût mieux aimé mort et enterré :
— Sire, fait-elle, que Dieu me bénisse ! Comme je vous vois épuisé et pâle ! Vous n'avez que la peau et les os.
— Erme, je meurs de faim. La bouillie est-elle prête ?
— Oui, vous vous mourez, c'est une certitude. Jamais vous n'entendrez rien dire de plus vrai. Couchez-vous vite, car vous allez mourir. Quelle catastrophe pour moi, pauvre malheureuse ! Après vous, je me moque de vivre, puisque vous me quittez. Sire, comme vous êtes déjà loin de moi ! Vous perdrez la vie sous peu.
— Vous moquez-vous de moi, dame Erme ? fait-il. J'entends si bien notre vache mugir que je ne me crois pas en train de mourir, mais je pourrais vivre encore longtemps.
— Sire, la mort qui vous enivre vous affaiblit et bloque le cœur si bien que vous n'êtes plus qu'une ombre. Bientôt elle atteindra votre cœur.
— Couchez-moi donc, chère sœur, fait-il, puisque je suis dans un tel état.

Du mieux qu'elle peut, elle se hâte de le tromper par ses boniments. À l'écart, elle lui prépare, dans un coin, un lit de paille et de cosses de pois, avec des draps de chanvre. Puis elle le déshabille et le couche, elle lui ferme les yeux et la bouche ; elle se laisse choir sur son corps :

— Mon frère, dit-elle, tu es mort. Dieu ait pitié de ton âme ! Que fera ta malheureuse femme qui pour toi se tuera de douleur ?

Le paysan gît sous le linceul, s'imaginant aussitôt être mort. Quant à la femme, elle va chercher le prêtre : elle était particulièrement rouée et astucieuse. De son mari de paysan elle lui raconte tout en détail et lui révèle sa sottise. L'un et l'autre sont heureux que les choses se soient passées ainsi, et ils s'en reviennent ensemble, tout occupés par leurs plaisirs amoureux.
Dès que le prêtre passe la porte, il commence à lire ses psaumes et la dame à se battre les paumes. Mais dame Erme joue si bien la comédie que de ses yeux ne tombe pas une seule larme. C'est à contrecœur qu'elle le fait, et bientôt elle abandonne. Le prêtre se contente d'une courte litanie, peu soucieux de recommander l'âme à Dieu. Il prend la dame par le poing, et ils se retirent de leur côté dans un recoin. Il la délace et la déshabille et, sur une couche de paille fraîche, ils se sont l'un et l'autre abattus, lui dessus et elle dessous. Le paysan voit tout leur manège : bien que recouvert du linceul, il gardait les yeux ouverts. Il voit la paille remuer et le chaperon bouger : il sait bien que c'est le chapelain.

— Çà, par exemple, dit le paysan au prêtre, sale fils de pute, c'est sûr, si je n'étais pas mort, vous regretteriez d'avoir fourré les pieds ici : jamais personne n'a été aussi bien rossé que vous le seriez, monsieur le curé.
— Ami, répond-il, c'est bien possible. Mais sachez que, si vous étiez en vie, je n'y serais venu que bien malgré moi tant que vous auriez eu l'âme au corps. Mais du fait que vous êtes mort, je dois en profiter. Tenez-vous tranquille, fermez les yeux : vous ne devez plus les garder ouverts.
Le paysan referme donc les yeux et recommence à se taire, tandis que le prêtre prend son plaisir sans éprouver la moindre crainte.

Je ne puis vous certifier s'ils l'ont enterré le lendemain matin, mais le fabliau dit en conclusion qu'on doit tenir pour fou celui qui croit plus sa femme que lui-même.

Le sentier battu

Celui-là n'est pas sage, qui s'habitue à railler les autres et à les agacer de paroles. Tôt ou tard il en éprouvera honte et chagrin, et l'on pourrait en alléguer plus d'un exemple. Chien hargneux est souvent mordu, dit un vieux proverbe : ce proverbe a raison. Ceux qu'on a voulu ridiculiser se vengent dès qu'ils en trouvent l'occasion, et alors les traits qu'a lancés le railleur retournent contre lui. Écoutez à ce propos une aventure qu'on m'a racontée et qui est vraie.

On avait annoncé un tournoi entre Athie et Péronne. Déjà plusieurs chevaliers et des dames même s'y étaient rendus, les uns pour jouter, les autres pour jouir du spectacle ; et en attendant l'ouverture des jeux, ils cherchaient à s'amuser. Un soir qu'ils se trouvaient ensemble et que la compagnie était en gaîté, quelqu'un proposa de jouer au roi qui ne ment. La proposition ayant été agréée d'une voix unanime, et les hommes par courtoisie ayant préféré une reine, ils choisirent pour ce rôle une jeune femme éveillée, maligne, et d'autant plus propre à le remplir, qu'elle avait de l'esprit et parlait bien.

D'abord la dame, en sa qualité de reine, commença par intimer à ses sujets différents ordres. Puis s'avançant successivement vers les joueurs, elle fit à chacun d'eux une question telle que la compagnie pût en être amusée. Enfin elle vint à un chevalier qui l'avait aimée, et qui même, l'année d'auparavant, l'avait demandée en mariage ; mais à sa mine chétive, elle n'avait pas voulu de lui.

… Bien tailliez ne semblait mie
Pour fere ce que plest amie…
Car n'ot (n'avait) pas la barbe crémue
Bien savez le cox chaponez
Est as gelines (poules) mal venus.

Ce que vous voyez chez les poules, vous le verrez constamment chez les femmes. Quelque mérite qu'ait d'ailleurs un homme, jouit-il auprès d'elles d'une réputation douteuse, soyez sûr qu'elles l'accueilleront mal, et que toutes, jusqu'aux nonnes et aux béguines, le regarderont de mauvais œil.

Or donc, pour en revenir à notre reine, quand elle fut devant le chevalier, elle se mit à rire, et lui demanda si jamais il avait eu un enfant. Lui, obligé de dire la vérité, répondit naïvement qu'il n'osait s'en vanter et n'avait aucune raison pour le croire. « Je le pense comme vous, répliqua la dame, car, à voir la tige du blé, on se doute sans peine que l'épi est vide ». À ces mots et sans plus attendre, la dame passa vers un autre joueur ; mais toute l'assemblée partit d'un éclat de rire, et l'on se divertit quelque temps aux dépens du pauvre chevalier. Quant à lui, il ne fut certes pas aussi joyeux, et se promit bien de prendre sa revanche s'il le pouvait.

En effet la reine, après avoir fini sa ronde, étant obligée de se présenter de nouveau devant chacun des joueurs pour être questionnée par eux à son tour, elle vint devant le chevalier.
La dame avait de très beaux cheveux. Le chevalier la loue sur sa chevelure. « Mais l'autre ? » dit-il… Elle est fort tentée de trouver la question impertinente ; cependant, comme, selon les règles du jeu, elle est obligée de répondre, elle dit qu'il n'y en a point d'autre. « Je vous en crois à mon tour, réplique le chevalier, car j'ai toujours ouï dire que, quand un sentier est tant battu, il n'y vient point d'herbe. »
Jusqu'à ce moment la belle avait été triomphante. Mais pour le coup on rit sur elle et si fort et si longtemps, qu'elle quitta le jeu et ne dit plus un mot de la soirée.

Vous qui entendez ce conte, faites-en votre profit, et concluez-en que railler est un métier dangereux, et qui ordinairement porte sa peine avec lui. Quant à moi, je vous ai dit l'aventure de la dame.
Amen ; ci prent mon conte fin ; Diex. vous daint à tous bone fin.

De l'évêque qui bénit sa maîtresse

Puisque vous aimez les histoires, je vais vous en dire une qui est toute récente, et qui m'a bien fait rire ; puisse-t-elle vous amuser autant que moi !

En France, dans une ville dont je ne vous dirai pas le nom, vivait un évêque qui passait pour n'être pas l'ennemi des dames, et qui volontiers s'en accommodait, pourvu surtout qu'elles fussent jolies. En trouvait-il une à son gré, pucelle ou non, il cherchait à l'accointer[16], et rarement il se retirait sans avoir réussi. Au reste, il avait pour leur plaire une recette sûre, c'était de donner beaucoup ; car tel est le secret, toutes aiment à recevoir, puisqu'il faut vous le dire ; et quiconque n'est ni riche ni libéral doit s'attendre à peu gagner près d'elles.
Dans la même ville, c'est-à-dire à Bayeux[17], était un curé qui eût eu assez de penchant à imiter son évêque. Cependant, plus modeste par état, il se contentait d'une jeune servante, nommée Auberée, qu'il aimait beaucoup. Auberée, outre sa jeunesse, était fort jolie. Aussi les paroissiens ne manquèrent pas de jaser sur ce ménage, et bientôt même les murmures devinrent tels, que l'évêque, quoique fort indulgent sur l'article, se crut obligé de mander le chapelain. Messire était alors à deux lieues de la ville, dans une campagne qui lui appartenait, et où il se retirait souvent pour se livrer plus librement à ses goûts. Après avoir réprimandé le prêtre, il lui enjoignit de renvoyer sa servante, et, en cas qu'il s'obstinât à la garder, il le condamnait, par pénitence, à ne jamais boire de vin tant qu'elle serait avec lui. L'alternative était fâcheuse : il fallait choisir pourtant. Le curé enfin se décida, et il renonça au vin.

Revenu chez lui, il n'eut rien de plus pressé que de conter à sa mie tout ce qui venait de lui arriver. « Quoi ! sire, cet homme vous a défendu d'en boire ! dit Auberée. Et moi, je vous l'ordonne ; et pas plus tard que ce soir, avant de nous coucher, nous en boirons à sa santé. À présent qu'on vous l'a interdit, vous le trouverez bien meilleur vraiment. » Le prêtre se sentait pour cette pénitence moins de répugnance que pour l'autre. Il but en effet,

---
16 Faire la connaissance de qqn, entrer en relation avec lui.
17 Il avait pourtant dit qu'il ne le dirait pas !

et continua même les jours suivants de si bien boire, qu'enfin l'évêque en fut instruit.

Mandé de nouveau à l'audience du prélat, celui-ci lui demanda quel était le mets qu'il aimait le plus. « Ce sont les oies, beau sire. – Eh bien, puisque vous voulez absolument vous damner avec votre mie, je vous ordonne de ne jamais manger d'oie. » Quelque peine qu'eût le prêtre à faire une pareille promesse, il la fit pourtant et sortit.

« Je l'ai juré, dit-il à Auberée, et je tiendrai parole. – Moi, je vous absous, répondit la servante. Il y a trois oies dans la cour : par le cœur Dieu il ne sera pas dit que je me serai donné pour rien la peine de les engraisser. Dès demain j'en mange une, et je ne la mangerai pas sans vous, ou vous direz pourquoi. » En effet, les trois oies furent mises successivement à la broche, mais aussi l'évêque le sut, et en conséquence pénitence nouvelle imposée au pécheur relaps, et défense à lui de coucher sur des matelas. « Je ne suis ermite ni reclus pour dormir ainsi, répondit le curé. Cependant, puisque vous l'ordonnez, je m'y soumettrai, beau sire ; et pour cette fois enfin, je jure que vous n'aurez plus à vous plaindre de moi. »

Quand Auberée sut cette aventure et ce serment, pour le coup elle se fâcha. « Eh quoi ! dit-elle, ce ribaud nous persécutera jusqu'à la mort ! il veut donc être le seul prêtre qui se divertisse ! Oh bien ! il n'en sera pas ainsi, je vous le promets, et nous l'attraperons. Laissez-moi faire. » En parlant ainsi, elle défit le lit, afin que son ami ne se parjurât pas ; à la place des matelas elle mit des coussins, et le soir ils s'y couchèrent tout aussi contents que la veille.

Quelques jours après l'évêque quitta sa campagne ; mais il ne fut pas plutôt de retour à Bayeux, que son premier soin fut d'y faire quelque nouvelle découverte dont il pût s'amuser. Il trouva effectivement une petite bourgeoise charmante, et bientôt, avec les moyens puissants qu'il savait employer, ses demandes près d'elle furent agréées. Cependant la donzelle, un peu fière, ne voulut pas s'astreindre à aller coucher au palais. Elle exigea qu'il vînt chez elle, et force lui fut de s'y soumettre. La nuit donc, après s'être débarrassé de ses valets, il se déguisa et accourut chez la belle. Comme véritablement elle était très jolie, il y retourna fort assidûment : c'était là qu'il passait toutes ses nuits.

Or vous saurez que la bourgeoise demeurait tout à côté du curé, et qu'ils étaient même amis. Un pareil commerce ne pouvait être longtemps ignoré de lui. Il sut en effet que toutes les nuits sa voisine recevait quelqu'un chez elle ; et bientôt, s'étant mis aux aguets, il découvrit que c'était l'évêque. Joyeux de cette découverte, il va trouver la fillette. « Douce sœur, lui dit-il, je sais que sire notre prélat vient chez vous chercher plaisir et porter argent. Je ne vous blâme certes ni l'un ni l'autre ; mais, parce que moi je m'amuse quelquefois à faire avec Auberée ce qu'il fait avec vous, il l'a trouvé mauvais et m'a imposé des pénitences. Accordez-moi un plaisir, douce amie ; c'est de me laisser cacher ce soir dans votre chambre avant qu'il entre. Je ne vous demande que cela et me charge du reste. » La bourgeoise y consentit, et le soir elle cacha le curé comme il le demandait.

À l'heure ordinaire, l'évêque ne manqua pas d'arriver. Sans perdre le temps en paroles, il se déshabille aussitôt, et presse la belle d'en faire autant. Elle se met au lit la première, il veut y entrer après elle ; mais tout-à-coup elle l'arrête, et déclare qu'il ne se couchera point, qu'auparavant il ne lui ait donné une bénédiction solennelle. « Une bénédiction ! dit l'évêque. – Oui, et telle que vous la donneriez au fils d'un roi qu'il faudrait tonsurer. » D'abord il croit qu'elle veut rire, et lui-même ne lui répond qu'en riant. Mais quand il la voit s'obstiner, il se prête à la plaisanterie, prend un air sérieux, et commence son *oremus*. Lorsqu'il est près de le finir, et qu'il dit *per omnia soecula soeculorum*, tout à-coup une voix se fait entendre et répond *amen*. Fort étonné, il se retourne, et demande qui est là. « Hélas ! beau sire, répond le curé en sortant de sa cachette, c'est un malheureux prêtre qui, ne pouvant dormir chez lui, parce que, pour sa pauvre Auberée, vous lui avez interdit les matelas, est venu ici vous voir donner les ordres à sa voisine. – L'ordination est faite, répond le prélat ; va en paix, bois du vin, mange des oies, dors avec Auberée tout comme tu voudras, mais laisse-nous. »

De celui qui enferma sa femme dans une tour
ou De la femme qui ayant tort parut avoir raison[18]

J'ai entendu conter l'aventure d'un certain bachelier qui voulait prendre femme. Une chose cependant l'arrêtait : il craignait, vous devinez l'accident dont je veux parler, et il aurait bien voulu, si la chose eût été possible, pouvoir s'en garantir. Il y rêva longtemps ; il mit tout ce qu'il avait d'esprit et d'étude à connaître les ruses des femmes, se fit conter tous les fabliaux qui parlaient de leurs tours, et consulta sur cette matière les gens réputés les plus habiles de la contrée. Quelqu'un lui dit : « Faites bâtir une maison qui ait des murs élevés et solides, avec une fenêtre unique et étroite, et une seule porte dont vous garderez toujours la clef. Placez votre femme clans ce lieu de sûreté. En lui fournissant exactement ce qui est nécessaire à la vie, vous n'aurez plus rien à craindre, et pourrez à l'aise, tant qu'il vous plaira, vous divertir avec elle. »

Le conseil plut au sire. Il fit construire l'édifice, et pendant ce temps se chercha une compagne, s'informant de tous côtés quelles étaient les filles les plus sages du canton. À la fin il se décida pour une, l'épousa, et dès le même jour la confina dans sa prison. Tous les matins, en la quittant, il fermait exactement la porte sur elle et emportait ses clefs ; le soir, quand il rentrait pour coucher, il les mettait sous son traversin. Avec de si bonnes précautions, il croyait son honneur en sûreté, et ce fut précisément par là même qu'on le dupa.

La dame mourait d'ennui dans ce séjour. Dès qu'elle était seule, elle allait se mettre à sa fenêtre pour se dissiper, et s'amusait à regarder les passants. Un certain matin qu'elle commençait ainsi sa triste journée, elle aperçut un jeune homme frais et beau qui avait les yeux fixés sur sa lucarne. La figure du damoiseau lui plut ; elle lui fit quelques signes d'amitié. Lui, que n'avait pas moins charmé la dame, y répondit avec empressement. Bientôt ils furent d'accord ; et la prisonnière, à la faveur d'une chanson ou plutôt à la faveur de quelques paroles qu'elle chanta comme si c'eût été une chanson, trouva moyen de lui donner la nuit, à la porte de la maison, un

---
18 Par Pierre d'Anfol.

rendez-vous. Écoutez maintenant l'adresse qu'elle employa pour s'y trouver.

Quand son mari vint dîner, elle feignit d'être malade, affecta un air souffrant et se plaignit beaucoup. Le bachelier qui n'avait aucune raison de se défier d'elle, et qui malgré sa jalousie l'aimait très fort, fut affecté de ses doléances et lui tint compagnie le reste de la journée. Elle la passa tout entière à soupirer et à gémir. Le soir cependant elle parut un peu soulagée par la tendresse et les soins affectueux du prud'homme, et ses yeux semblèrent se ranimer. L'innocent, joyeux de l'effet qu'il avait produit, la pressa de manger quelque chose pour prendre des forces ; et, afin de l'engager par son exemple, il se mit à table. Elle se montra sensible à ces marques d'affection, goûta de ce qu'il lui servit, l'égaya, le fit boire et opéra si bien, qu'elle réussit à l'enivrer. À peine fut-il couché qu'il s'endormit : la dame alors prit les clefs, et elle alla trouver son ami qui, comme on en était convenu, l'attendait à la porte.

La même ruse fut encore employée dans la suite, et toujours avec le même succès. Toutes les fois que la dame voulait entretenir le galant elle enivrait l'époux. Mais cela enfin inspira quelque défiance au bonhomme. Il soupçonna que sa femme avait quelque raison secrète pour le faire tant boire certains jours ; et, afin de s'en éclaircir, il contrefit l'homme ivre, se coucha à son ordinaire, et feignit aussitôt de s'endormir. L'épouse, selon sa coutume, alla prendre les clefs et descendit : il descendit aussi après elle, mais ce fut pour mettre le verrou en dedans.

Je vous laisse imaginer la surprise de la belle, quand elle revint et qu'elle sentit la porte fermée. Il fallut bien se résoudre pourtant à appeler le jaloux et le prier d'ouvrir. Elle demanda grâce, pleura, supplia, promit que, s'il consentait à lui pardonner, jamais dans la suite il n'aurait à se plaindre d'elle : larmes, prières, tout fut inutile. Il répondit qu'il allait avertir ses parents de sa conduite, et la prévint qu'elle pouvait renoncer pour toujours à tout héritage qui viendrait de lui. Elle fit encore quelques instances pour le désarmer ; mais le trouvant inflexible : « Eh bien ! dit-elle, puisque je serais malheureuse et déshonorée, il vaut autant mourir. Adieu, je vais me jeter dans le puits qui est ici près. Mon cadavre bientôt sera porté à mes parents ; ils accuseront de ma mort votre jalousie ; ils vous appelleront en justice, et je suis sûre d'avance d'une vengeance prochaine. »

Ces menaces auxquelles il n'ajoutait pas beaucoup de foi, ne le touchèrent guère plus que les prières ; il refusa toujours d'ouvrir. Mais tout à-coup un bruit se fit entendre, comme de quelqu'un qui tomberait dans l'eau. Au retentissement du coup, le bachelier ne douta pas que sa femme ne se fût noyée : il descendit à la hâte, une chandelle à la main, et courut avec effroi vers le puits.

Qu'une femme est adroite et qu'elle a de malice ! C'était une grosse pierre qu'avait jetée celle-ci ; et la rusée, qui prévoyait bien que son mari alarmé ne manquerait pas de sortir, était venue doucement se ranger le long de la maison, dans l'espérance de pouvoir s'y glisser dès qu'il serait dehors : c'est ce qui arriva. Elle entra sans être aperçue, ferma les verrous, et alla se mettre à la fenêtre pour voir ce qu'il deviendrait. Après avoir bien regardé dans le puits et aux environs, après avoir cherché partout et même appelé, il s'en revint. Mais lorsqu'il fut question de rentrer, il vit qu'il avait été pris au piège. Force lui fut alors de prier à son tour. Il promit même à sa femme, si elle voulait ouvrir, d'oublier tout ce qui était arrivé, et de ne lui en jamais parler tant qu'il vivrait. « Ah ! ah ! vous avez changé de ton en bien peu de temps, dit-elle. J'avais beau prier tout-à-l'heure, vous faisiez le méchant, vous me menaciez de mes parents. Eh bien ! je vous annonce, moi, que dès qu'il fera jour, je les fais venir ici pour me plaindre à eux de votre conduite, et pour leur demander justice d'un libertin qui m'enferme dans une prison, tandis qu'il va courir dehors toutes les nuits. »

Elle tint parole : et quand ses parents arrivèrent, elle leur fit beaucoup de plaintes de son mari, en protestant qu'elle ne pouvait plus tenir dans une maison où on la rendait malheureuse de toutes manières. Les parents trompés traitèrent leur gendre fort durement et l'accablèrent de reproches. Ces reproches même, qu'ils eurent soin de répandre dans le public, influèrent sur sa réputation et le firent mésestimer ; ce fut là tout ce que gagna le maladroit pour avoir enfermé sa femme. Celle-ci, au contraire, eut l'adresse de se tirer d'un mauvais pas, et par son esprit vint à bout de rendre bonne une cause qui ne l'était guère.

Le poète, pour prévenir les jugements défavorables que son historiette pourrait faire naître sur les femmes, ajoute :
Mais ne sont mie totes males : Aucunes en i a loyales : Quanti feme velt torner à bien, Ne la puet contrevaloir rien.

Le chevalier à la trappe

Jadis dans le royaume de Montbergier, un gentilhomme fort riche, bon chevalier errant et renommé par ses hauts faits d'armes, eut pendant son sommeil un rêve bien singulier. Il songea qu'il voyait une belle dame et qu'il l'aimait. Le pays et le nom ne lui en furent pas révélés, il est vrai ; mais l'image en était restée si profondément gravée dans sa mémoire, les traits, lorsqu'il se réveilla, s'en représentèrent à lui d'une manière si distincte, qu'il se flattait de la reconnaître sans peine, en quelque endroit de la terre qu'elle pût se trouver.

Par un autre prodige non moins étonnant, il arriva que la dame, de son côté, rêva qu'elle aimait un chevalier ; et, quoique le nom lui en restât de même parfaitement inconnu, sa figure néanmoins l'avait frappée aussi au point de ne pouvoir jamais l'oublier.
Assurément je tiens que celui-là n'a point la tête trop saine qui, d'après un rêve, entreprend une aventure : c'est cependant ce que fit notre chevalier. Pour mettre à fin la sienne, il prépara ses équipages, chargea un roussin d'or et d'argent, et se mit en route.

Plusieurs mois se passèrent ainsi à courir inutilement les chemins, sans que pour cela il interrompît ses recherches ou perdît espérance. Enfin il trouva, près de la mer, un château dont les murs d'enceinte étaient nouvellement bâtis et qui avait une tour extrêmement forte, épaisse de trente pieds et haute de la portée du trait. Le seigneur de ce lieu était un duc puissant, mais jaloux, qui, mari d'une belle femme, la tenait enfermée dans cette prison, sous la garde de dix-huit portes, garnies chacune de deux grosses barres et d'une bonne serrure. Il ne s'en fiait qu'à lui seul pour les fermer ou les ouvrir. Toujours il en portait les clefs sur lui, et il n'y avait personne sur la terre auquel il eût osé les laisser en garde.
En entrant dans la ville, le chevalier jeta par hasard les yeux sur la tour, et vit à la fenêtre une femme qu'il reconnut : c'était la dame de son rêve, celle-là même qu'il cherchait avec tant de peines et qu'il aimait sans l'avoir jamais vue. Elle l'avait aussi aperçu de loin, et venait de le reconnaître : peu s'en fallut même qu'elle ne l'appelât, tant l'amour et la

joie troublèrent ses sens ; mais, dans la crainte de son mari, elle se contint, et se contenta seulement, pour instruire le voyageur de la sensation qu'il lui avait faite, de chanter à haute voix une chanson d'amour.

Celui-ci, quoiqu'il brûlât d'envie d'y répondre, feignit, pour ne point nuire à son projet, de ne rien entendre. Il se rendit au château et se fit présenter au seigneur, qu'il pria d'accepter ses services, se donnant pour un gentilhomme qui, dans un tournoi ayant tué un chevalier, s'était vu poursuivi par les parents du mort et obligé de quitter sa patrie. « Soyez le bienvenu, répondit le duc ; je suis en guerre dans ce moment contre des ennemis qui ravagent ma terre, vous pouvez m'être utile, et j'accepte vos offres. »

Dès le lendemain, la valeur du chevalier fut employée ; son bras qu'amour animait, opéra des prodiges : en moins de trois mois les ennemis du duc furent tous tués ou prisonniers, le pays délivré, et les chemins libres. Le vainqueur en récompense fut fait, à son retour, sénéchal de la terre et de l'hôtel ; et ce fut alors qu'il s'occupa sérieusement du projet qu'avait formé son amour et des moyens de pénétrer jusqu'à la duchesse.

Sous je ne sais quel prétexte, qui au reste ne lui fut pas difficile à imaginer, il demanda au duc un petit emplacement dans le verger, avec la permission d'y bâtir une maisonnette à son usage. On le lui accorda sans peine. Il se fit donc construire, le plus près qu'il put de la tour, mais point assez cependant pour alarmer le jaloux, un petit logement avec hérisson[19] et porte de derrière. Quand tout fut achevé et le toit couvert, il gagna le maçon à force d'argent, et lui commanda un conduit souterrain, qui de sa chambre allât aboutir sous la tour. L'ouvrier mit onze jours à finir son ouvrage. Arrivé au plancher, il le perça et y pratiqua une trappe faite avec tant d'art et qui fermait si bien, que l'œil le plus clairvoyant n'eût pu la deviner. Alors le chevalier le tua. Il est vrai que ce fut dans la crainte d'en être trahi, et pour plus grande sûreté du secret ; mais n'importe, son motif n'excuse pas sa mauvaise action ; j'avoue qu'il fit mal.

---

19 Enceinte de pieux.

Il ne lui fut pas difficile, après cela, de pénétrer dans la tour, d'y voir sa dame et d'en obtenir ce qu'elle brûlait d'accorder. Quand il sortit, elle lui donna pour gage de sa foi une bague qu'elle avait reçue du duc, et dont la pierre valait bien dix marcs d'argent[20]. Le chevalier, qui avait en tête un autre projet par rapport à l'époux, se rendit auprès de lui en la quittant ; et dans la conversation il eut soin plusieurs fois de laisser, comme par hasard, apercevoir sa nouvelle bague. Cette vue frappa le jaloux à un tel point qu'il changea de couleur. Il eut la prudence pourtant de ne faire aucune question à son sénéchal, mais il alla aussitôt à la tour interroger la duchesse sur cette aventure.

L'amant s'en doutait. Il courut, pour prévenir le duc, à son souterrain ; et pendant que celui-ci ouvrait et refermait bien exactement, l'une après l'autre, ses dix-huit portes, il eut tout le temps d'entrer par la trappe et de remettre la bague.

La première phrase de l'époux fut de demander à la voir. À cette proposition la duchesse affecta d'abord une grande surprise. Néanmoins, sur une nouvelle instance de son mari accompagnée de colère et de menaces, la dame, sans répondre une seule parole, sans paraître vouloir pénétrer ses raisons, ouvrit le coffre où elle venait de remettre la bague, et la lui présenta : cela fut suffisant pour le rassurer et dissiper tous ses soupçons. Il imagina que le sénéchal apparemment avait trouvé une pierre pareille à celle de son épouse et dormit très paisiblement.

Le jour suivant, l'envie lui prit d'aller chasser dans la forêt, et il dit au chevalier de s'apprêter à le suivre. « Sire, ayez la bonté de m'en dispenser, répondit celui-ci. Ma mie vient d'arriver à l'instant ; pendant mon absence, elle a su ménager un accommodement avec mes ennemis ; et cette nouvelle, qu'elle s'est chargée de m'apporter elle-même, me force à quitter votre service et à partir dès demain. Mais, sire, elle souhaite vous remercier de vos bontés pour moi, et vous prie de venir ce soir, au retour de la chasse, souper avec elle. » Le duc le promit. Or, c'était là un piège qu'avaient préparé ensemble les deux amants ; et cette prétendue mie avec laquelle il devait souper n'était autre que la duchesse elle-même.

---

20 C'est sous le règne du roi des Francs Philippe Ier (1052-1108) que l'on prit l'habitude de peser l'or et l'argent à l'aide d'un poids appelé marc. Ce poids pesait 244,752 g et valait 8 onces (françaises) de 30,594 g.

Sur le soir elle se rendit par la trappe au logis du chevalier. Elle y trouva des habits magnifiques, qu'il lui avait préparés pour la déguiser un peu.

Le duc, quand il entra avec ses gens, vit une dame belle comme une fée, vêtue d'un beau drap de Frise, et portant une guimpe de soie sur la tête, deux anneaux à la main droite, trois à la gauche, une ceinture d'argent à franges, et un manteau bordé de drap d'or. Le chevalier, la lui présentant par la main, lui dit : « Sire, voilà ma mie, celle que j'aime uniquement et que j'espère pouvoir bientôt épouser. » À peine le duc l'eut-il envisagée qu'il crut reconnaître sa femme. Il resta interdit. La dame se mit à table sans paraître s'en apercevoir. Elle le fit asseoir à ses côtés, elle le pressa de manger, mais il ne lui fut pas possible d'avaler un morceau. Un million d'idées confuses lui passaient successivement par la tête. Pendant le souper, il eut continuellement les yeux fixés sur elle comme un homme enchanté, et passa tout ce temps à deviner comment on pouvait sortir d'une tour si haute, si épaisse et si bien fermée.

Dès qu'on fut levé de table, il se retira pour aller de nouveau s'assurer de ce qu'il craignait. La duchesse aussitôt quittant à la hâte ses beaux habits, remonta par la trappe et se mit au lit où elle feignit de dormir. Ce fut une surprise bien agréable pour lui, lorsqu'il eut ouvert et visité toutes ses portes, de trouver son épouse couchée. Il crut qu'il en était de cette aventure comme de l'autre, et que deux femmes après tout pouvaient, aussi bien que deux bagues, se ressembler. Cette idée le tranquillisa tout à fait. Il se coucha à son tour et passa la nuit auprès de la duchesse. Hélas ! c'était la dernière qu'il passait avec elle.

Le chevalier avait tout préparé d'avance[21] pour son départ. Un vaisseau frété secrètement l'attendait dans le port. Le vent lui était favorable et tout secondait ses desseins.
Le lendemain, au moment où le duc allait sortir pour la messe, notre amant vint prendre congé de lui, et le pria respectueusement de lui accorder une dernière grâce, celle d'assister à la cérémonie de son

---

21 Pléonasme d'origine maintenu.

mariage. « Ma mie exige que vous approuviez notre union, lui dit-il, et je désire moi-même recevoir de vos mains mon bonheur. » Sur la réponse favorable du duc, il courut chercher la duchesse qui l'attendait chez lui. Elle vint couverte d'une cape et déguisée de son mieux. Deux chevaliers la conduisirent à l'église, où le duc, absolument guéri de ses soupçons, la présenta au sénéchal qui l'épousa. De l'église les nouveaux époux se rendirent au vaisseau sur lequel ils allaient partir. Le duc avec toute sa suite voulut les y accompagner lui-même. Il donna pour monter la main à l'épousée, plaisanta beaucoup sur sa joie qu'elle ne déguisait pas, et lui dit adieu gaiement. Mais les plaisanteries ne durèrent pas longtemps. Rentré clans la tour, il sut bientôt à quoi s'en tenir sur cette mie qu'il avait mariée et qui était si aise de partir, et il ne lui resta que la honte et le chagrin d'avoir été lourdement dupé.

De la femme qui voulut éprouver son mari

En France, dans une ville que je ne vous nommerai pas, vivait, il n'y a pas vingt ans, un très vieux baron qui passait au loin pour un homme sage et de bon conseil. Comme il était garçon et qu'il possédait une terre fort considérable, ses amis le pressèrent de se marier.
Rarement vous verrez un vieillard en venir là sans faire une sottise. « Trouvez-moi femme qui me plaise, dit celui-ci, et je vous promets de la prendre. » Ses amis lui trouvèrent une jeune personne blonde, bien faite et belle à ravir. Dès qu'il l'eut vue, il en devint amoureux et la demanda en mariage ; mais je vous ai déjà dit qu'il était vieux et cassé, et ce n'était pas là tout à fait ce qu'eût désiré la poulette. Elle prit patience néanmoins pendant un an tout entier, quoiqu'elle fût fort souvent bien tentée de la perdre.

Au bout de l'année enfin, ayant rencontré sa mère au sortir de l'église : « Vous savez, lui dit-elle, quelle sorte de mari vous m'avez donné ; je vous préviens que j'en suis lasse et que j'ai résolu de faire un ami. » La mère employa, pour la détourner d'un projet aussi dangereux, beaucoup de bonnes raisons ; mais lorsqu'elle vit ses représentations inutiles, elle lui dit : « Ma fille, suis au moins le conseil que je te vais donner. Tu vas avoir besoin, si tu ne veux pas te rendre malheureuse, d'un mari qui soit débonnaire. Avant de lui faire injure, tâche de t'assurer s'il l'endurera ; sonde son caractère, tente sa patience par quelque épreuve ; en un mot, vois jusqu'où peuvent aller sa colère et son humeur. – J'y consens, répondit la fille. Dans son verger est un arbre que lui-même a planté de sa main. Il aime à venir s'y asseoir à l'ombre, et souvent il m'y conduit pour causer avec lui et jouer aux tables : je veux l'abattre et voir ce qu'il en dira. – À la bonne heure ; mais prends bien garde auparavant de t'en repentir. »
Quand la jeune femme rentra, le mari était à la chasse. Elle appela un valet à qui elle ordonna de prendre une hache et de la suivre au verger. Arrivée à l'arbre, « Coupe ceci, lui dit-elle.— Quoi, madame ! l'arbre de monseigneur ! non, certes, je ne le couperai pas. – Obéis, te dis-je, je le veux. » Sur le refus réitéré du valet, elle saisit la hache, frappe à droite et à

gauche, et fait tant qu'elle abat l'arbre, puis elle l'emporte.

Le baron rentrait dans le moment. Il voit sa femme chargée de ce fardeau, et lui demande ce qu'elle porte. « Lorsque je suis revenue de l'église, répond-elle, on m'a dit, sire, que vous étiez sorti pour chasser. Dans la crainte que vous ne rentrassiez mouillé ou morfondu, j'ai voulu vous tenir du feu tout prêt ; et n'ayant point trouvé de bois coupé, j'ai été moi-même en couper au verger. – Eh quoi ! madame, c'est mon arbre chéri, celui que j'aimais de préférence, vous le savez ! – Je n'y ai point fait attention, sire, et n'ai songé, je vous l'avoue, qu'à votre santé. – Un pareil oubli, madame, a fort de quoi m'étonner ; mais je consens, pour le bien de la paix, à ne point l'approfondir, et veux bien vous excuser sur votre motif. » Il n'en dit pas davantage.

Le lendemain la dame alla retrouver sa mère et lui raconta sa prouesse de la veille. « Eh bien, ma fille, qu'a-t-il dit ? – Rien. Ses yeux d'abord semblaient annoncer quelque orage ; mais il s'est calmé tout-à-coup ; il est devenu doux comme un agneau, et lui-même a fini par m'approuver. Ainsi, à présent que me voilà sûre de sa bonhomie et que je n'ai rien à craindre, je puis en sûreté, comme vous voyez, faire un ami. – Ma fille, encore une fois, ne t'y fie pas. Je ne sais, mais j'ai un pressentiment que tu te repentiras de ta folie. Le baron n'a pas l'air aussi commode que tu le prétends, et si tu veux m'en croire, tu l'éprouveras encore. – Je le veux bien pour vous contenter, et voici ce que je ferai. Il a une petite levrette qu'il aime comme ses deux yeux, à laquelle lui-même il donne tous les jours à manger, et qu'il fait tous les soirs coucher clans son lit ; en un mot, c'est une passion si tendre, que si quelque domestique, même par mégarde, la faisait crier, il serait, je crois, chassé à l'instant. Je la tuerai en sa présence, et nous verrons ce qui en arrivera. – Soit ; et puisse-t-il n'en rien résulter pour toi de fâcheux. »

L'épouse à son retour trouva que le baron était encore aux champs comme la veille. Elle fit allumer un grand feu, après quoi elle couvrit le lit d'un beau tapis, et eut soin d'embarrasser tous les sièges avec différentes robes. Quand le vieillard rentra, elle alla le recevoir à la porte, lui ôta elle-même sa chape et ses éperons, lui mit sur les épaules un manteau d'écarlate fourré de vair, et le fit asseoir auprès du feu. La levrette, après être venue le caresser, sauta sur une chaise à son ordinaire, et se coucha par conséquent sur une des robes de la dame.

Celle-ci aperçoit dans le moment un bouvier qui revenait de la charrue. Elle lui arrache le couteau qu'il portait à sa ceinture, et en vient frapper la chienne avec tant de force que le sang en rejaillit sur son péliçon. Le mari se lève en fureur. « Comment, madame ! vous osez égorger ma levrette et en ma présence ! – Sire, c'est que je ne puis rire, comme vous, de ce que gâte et endommage ici tous les jours la malpropreté de cette bête. Voilà une cotte que je n'avais mise qu'une fois, regardez comme elle me l'a accommodée. En vérité cela est fort désagréable. – Madame, c'est la seconde fois qu'il vous arrive de chercher à me déplaire : que ce soit la dernière, je vous prie, et faites-y sérieusement attention : je ne vous le dirai pas davantage.— Je sens bien, sire, que je vous ai privé de quelque chose que vous aimiez ; mais puisque je vous ai déplu, je vous en demande pardon et me soumets à votre colère. »
En même temps pour voir quel effet produiraient des larmes sur le cœur du vieillard, la traîtresse se mit à sangloter et à pleurer. Il fut touché de cette apparence de douleur ; il embrassa sa femme, lui pardonna, et ne parla plus de l'aventure le reste de la soirée.

Le jour suivant, nouveau triomphe à raconter, et par conséquent nouvelle visite à la mère. « Madame, c'en est fait, et dès ce jour je prends un ami. – Tu ne veux donc pas renoncer à ton projet ? – Non, certes. – Il est si aisé cependant d'être raisonnable. J'ai plus du double de ton âge, et ton père, tu le sais, n'a jamais eu le moindre reproche à me faire. – Oh ! il y a entre nous deux bien de la différence. Mon père était jeune quand il vous épousa, et vous n'aviez point de raisons pour vous plaindre de lui ; mais moi, vous savez quel mari j'ai. Enfin je veux quelqu'un qui me console. – Es-tu décidée sur ton choix ? – Assurément. Il y a longtemps déjà que Guillaume, notre chapelain, m'a priée d'amour. C'est lui que je prends pour ami. – Quoi ! ma fille, un prêtre ! – Oui, madame. Je ne veux point d'un chevalier qui viendrait m'enlever mes joyaux pour les mettre en gage, et irait encore, après cela, publier partout ma faiblesse et en rire. – Douce fille, au nom de Dieu, évite les reproches, crains de faire ton malheur, et suis l'exemple et les conseils de ta mère ; ou s'il ne m'est pas possible de te ramener à la raison, accorde-moi du moins de tenter une troisième épreuve. La menace de ton mari me donne des alarmes, je te l'avoue ; et je ne puis me défendre de quelque fâcheux pressentiment. Tu ne sais pas, ma fille, combien un vieillard est terrible dans sa vengeance. – Eh bien ! ma mère, jeudi prochain, jour de Noël, mon mari doit tenir cour plénière. C'est à sa table même, c'est en présence de l'assemblée nombreuse qui s'y trouvera réunie, que je veux encore éprouver sa patience, puisque vous l'exigez. Mais aussi, après cette épreuve, ne m'en demandez plus d'autre ; je vous déclare que ce sera la dernière. – Je prie Dieu, ma fille, que tu n'aies pas lieu de t'en repentir. »

Noël venu, tous les vavasseurs[22] du baron et beaucoup de dames furent invités à la fête. Pendant le dîner, comme on était au premier mets et que les écuyers avoient déjà découpé les viandes, l'épouse, qui mangeait à la même assiette que le sénéchal, embarrasse les clefs de sa ceinture dans les franges de la nappe. Elle se lève ensuite comme pour sortir, et, entraînant avec elle nappe et table, plats et assiettes, elle fait tout tomber à terre avec un fracas horrible. L'assemblée jette un cri. L'époux furieux lance sur elle un regard foudroyant. « Dame ! sire, j'en suis bien fâchée, mais ce n'est pas ma faute, voyez plutôt ». En disant cela, elle travaillait à défaire ses clefs, et avec une apparence de colère arrachait les franges. Le baron eut la prudence de se contenir encore. Sans affecter la moindre humeur, il se contenta de donner des ordres pour faire servir de nouveau ; dans l'instant tout fut réparé : on se remit à table, et le dîner même n'en fut que plus gai. Le soir à souper le vieillard affecta la même modération.

Mais le lendemain matin, avant que sa femme fût levée, il entra chez elle avec un saigneur. « Madame, lui dit-il, vous m'aviez déjà joué deux tours, j'ai eu la sottise de vous les pardonner, et c'est ce qui vous a autorisée sans doute à vous échapper hier une troisième fois ; mais j'aurai soin que ce soit la dernière. Je sais ce qui occasionne cette pétulance. Vous avez

---

22 Seigneurs dont les fiefs relevaient du baron.

dans les veines de mauvais sang, il faut y mettre ordre et le faire tirer. Allons, levez-vous. » Aussitôt il ordonne au saigneur de faire son devoir. Elle demande ce que lui veut cet homme à la mine sinistre ; on le lui explique, et elle déclare d'un ton très résolu qu'elle n'est point malade et qu'elle ne veut point être saignée. Mais le mari, plus résolu encore, tire son épée, et elle est forcée de se soumettre. Alors on lui bande les deux bras, on les lui pique tous deux l'un après l'autre, et on laisse couler le sang jusqu'à ce qu'elle tombe de faiblesse, après quoi on la recouche.

La connaissance ne lui est pas plus tôt revenue qu'elle envoie à la hâte chercher sa mère. Celle-ci accourt. Elle trouve sa fille avec une pâleur mortelle et un affaiblissement qui lui laisse à peine la force de parler. « Eh bien ! ma fille, as-tu encore envie maintenant de faire un ami ? – Ah ! jamais, ma mère ! jamais. – Je t'en avais prévenue, et aurais souhaité que tu te fusses épargné cette leçon. Je te félicite au moins de t'en être tenue aux épreuves ; car si tu avais fait folie avec le chapelain Guillaume, la saignée peut-être eût pu devenir plus dangereuse. »

Le Meunier d'Aleus[23]

Écoutez, messieurs, un joli fabliau. Je n'en fais jamais que de jolis, et je renoncerais plutôt au métier que de vous en donner qui ne le fussent pas.

À Palluel[24], le bon séjour, demeurait un meunier qu'on appelait Jaquemars. Son moulin n'était pas à Palluel même, mais à quelque distance de là, dans un lieu nommé Aleus. Une certaine Marie, fille de Gérard d'Etrées, étant venue un jour y apporter du blé pour moudre, elle pria le meunier de ne pas la faire attendre, parce qu'il lui fallait, le soir, apprêter le souper de son père qui était aux cbamps. Jaquemars lui répondit : « Douce amie, vous voyez bien qu'il y a ici du monde avant vous ; il faut que chacun ait son tour. Le vôtre viendra, asseyez-vous en attendant. »
Il avait ses raisons, le drôle, pour parler ainsi. Marie, âgée de dix-huit ans, était belle et fraîche comme la rose de mai, et il l'avait lorgnée du coin de l'œil. D'un autre côté Muset, son garçon, qui ne la trouvait pas moins gentille, eût été très aise aussi de rester seul avec la poulette. Les deux renards formaient secrètement chacun le projet de la croquer ; mais ils furent pris tous deux au même piège, comme vous allez entendre. Écoutez bien.

Tous ceux qui étaient au moulin se trouvèrent, avant la nuit, successivement expédiés, et chacun emporta sa farine, qui à dos, qui sur son cheval, qui sur un âne. II ne restait plus que Marie. La pauvrette crut qu'enfin son tour allait venir. Point du tout : Muset vint annoncer que le vivier était à sec et qu'il n'y avait plus d'eau. « Eh bien ! arrête la meule », dit Jaquemars fort content, et il s'apprêta aussitôt à fermer le moulin. Ce ne fut pas sans beaucoup de larmes et de colère de la part de la pucelle. Après l'avoir fait attendre tout le jour, on la renvoyait malicieusement quand le moment de la servir était venu ; et d'ailleurs le soleil venait de se coucher, et elle allait se voir obligée de faire seule, dans les ténèbres, plus d'une grande lieue.

---
23 par Enguerrand d'Oisi.
24 Village de Normandie, dans le diocèse de Rouen.

C'est ce qu'avait prévu le fripon de Muset. Il comptait s'offrir pour l'accompagner, et c'était dans ce dessein qu'il venait d'annoncer faussement que le moulin se trouvait à sec. Mais Jaquemars n'avait garde de lui laisser cette bonne aubaine. « Belle amie, dit-il à la fillette, ne pleurez pas, je vais vous mener à Palluel où ma femme vous recevra bien. Nous avons un lit à vous donner dans une chambre à côté de la nôtre, et demain, si matin qu'il vous plaira, vous trouverez votre farine toute prête. » Alors il la prit par-dessous le bras et partit avec elle, en lui recommandant néanmoins, pour ne pas donner de soupçons à sa femme, de se dire sa cousine.

À peine eut-il fait vingt pas qu'il lui prit un baiser. Ensuite vint une tendre déclaration, puis d'encore en encore il finit par annoncer qu'il la quitterait après le souper, sous prétexte de retourner au moulin ; mais qu'il comptait revenir aussitôt lui faire compagnie et passer la nuit avec elle. Si la pucelle fut effrayée du projet, je n'ai pas besoin de vous le dire. Mais que faire dans un pareil embarras ? où aller ? que devenir ?

La meunière qui ne se doutait de rien se laissa aisément tromper aux mensonges de son mari. Elle reçut de son mieux cette cousine prétendue, et apprêta, pour lui donner à souper, tout ce qu'elle avait de meilleur. Jaquemars, échauffé par l'idée des plaisirs qu'il se promettait, fut, pendant le repas, d'une gaîté charmante.
Il aida lui-même à faire le lit de la cousine, et en la quittant pour retourner au moulin comme il l'avait annoncé, il pria sa femme d'en avoir grand soin. « Soyez tranquille, répliqua celle-ci, je m'en charge comme de ma propre fille. »

Il ne fut pas plus tôt sorti, que la pauvre enfant se mit à pleurer. « Qu'avez-vous, douce sœur ? lui dit sa femme, vous paraissiez si contente tout à l'heure ! Est-ce que vous êtes fâchée de rester avec moi ? — Non vraiment, dame, c'est tout le contraire ; vous avez eu pour moi trop de bonté ; mais j'ai un grand chagrin sur le cœur, et si je ne craignais quelque chose, je vous le dirais. – Parlez hardiment, belle amie, ne craignez rien. Vous trouverez en moi une femme discrète et qui vous rendra service si elle le peut. » Rassurée par ces paroles, Marie alors conta son aventure du moulin, et ce prétendu manque d'eau pour lui donner à coucher, et le projet surtout dont Jaquemars lui avait parlé dans la route.

La meunière propose d'attraper son mari. « Couchez-vous dans mon lit, dit-elle à la fillette, j'irai prendre le vôtre. » Les choses ainsi arrangées, les deux femelles font leurs prières et se couchent chacune de leur côté. Jaquemars grillait de revenir ; il ne reste qu'un moment au moulin. Muset qui le devine et qui avait aussi son intention, lui propose, avant de sortir, un marché. Il avait chez lui un cochon qu'il engraissait ; il l'offre au meunier, à condition que celui-ci le laissera entrer à son tour dans la petite chambre. Jaquemars y consent ; cependant comme maître du logis il veut passer le premier

Le lendemain matin, quand les deux champions reviennent avec le cochon, ils sont fort étonnés d'entendre la meunière reprocher à son mari des témoignages d'amour trop multipliés, et qu'elle trouve d'autant plus répréhensibles, qu'une autre en était l'objet. Jaquemars et Muset voient alors qu'ils ont été dupés tous deux. Mais le pis de l'aventure, c'est que ce dernier remmène son cochon, prétendant que les conditions qu'il avait proposées n'ont pas été remplies, et que par conséquent le marché devient nul. Le meunier veut au moins que quelque chose le dédommage de son accident. Après avoir bien disputé, ils conviennent enfin de s'en rapporter au bailli, qui dans ce moment tenait les plaids. Ils lui exposent leurs raisons l'un après l'autre. Le bailli prononce que Muset a perdu son cochon, que Jaquemars ne l'a point gagné, et il se l'adjuge à lui-même. Il le mange ensuite dans un repas qu'il donne aux dames et chevaliers du canton, auxquels il conte l'aventure Je l'ai sue ainsi, ajoute le poète, et pour qu'elle ne s'oubliât pas, je l'ai mise en romane, afin que ceux qui l'entendront perdent à jamais l'envie de tromper les honnêtes filles.

Le consolateur

Un écuyer pauvre, mais très bien fait et d'une belle figure, arrive le soir à Soissons. Il n'avait point d'argent ; néanmoins il descend à l'auberge, commande à souper, et tout en causant avec l'hôte, s'informe quelle est la plus jolie femme de la ville. On lui répond que c'est une madame Marge, qui demeure dans telle rue, et dont le mari est absent depuis huit jours. Content de cette réponse, il soupe et se couche ; mais le lendemain, d'assez bon matin, il va dans la rue de madame Marge, et s'assoit sur le banc d'une porte vis-à-vis de la sienne. Marie, domestique de la dame, se lève, et en ouvrant les fenêtres, aperçoit l'écuyer assis. Elle allume du feu, balaye, fait son ménage, et le voit toujours à la même place, les yeux fixés sur la maison.

Madame Marge, lorsqu'elle est levée, l'aperçoit de même ; mais plus curieuse que Marie, elle envoie celle-ci pour découvrir, si elle le peut, ce que c'est que ce bel homme qui regarde chez elle – avec tant d'attention. La servante, sans plus de façon, va lui demander à lui-même qui il est. « Je suis, répond-il, le consolateur des veuves : tel est mon nom, et telle est ma profession. »

Madame Marge, quand on lui rapporte cette réponse, est fort étonnée, et pour savoir à quoi s'en tenir, elle va elle-même questionner le beau voyageur. Il fait la même réponse, vante son talent, et assure que jamais on ne s'est plaint de lui. Interrogé combien il prend par jour, il répond que son usage est de prendre peu des veuves jolies, et ne demande à la dame que vingt sous pour la journée.

D'après des conditions aussi raisonnables, elle le fait entrer chez elle, puis commande à la servante de faire chauffer un bain. Marie, à qui ce bain annonce des consolations qui ne seront point pour elle, déclare qu'elle ne le chauffera pas. L'écuyer fait signe à la maîtresse de sortir, et feint de vouloir parler à la servante. Dès que celle-ci est seule avec lui, elle veut savoir s'il ne se charge pas de consoler les filles aussi bien que les veuves : il y consent.

Cependant, comme Marie est moins jolie, et que d'ailleurs elle aura l'étrenne de sa journée, il exige d'elle davantage. La fille consolée va chauffer le bain ; quand il est prêt, madame Marge y entre et y fait entrer l'écuyer avec elle : ensuite viennent les consolations, puis ils rentrent dans le bain.

Mais tout-à-coup on entend frapper en maître : c'était le mari qui revenait. La femme s'habille à la hâte et veut faire cacher l'écuyer, il s'obstine à rester dans la baignoire. Pendant ce débat le mari entre, et le trouvant chez lui, demande ce qu'il y est venu faire ; l'autre l'avoue sans détour.

Cependant, pour rassurer l'époux, il prétend n'avoir pas encore gagné ses vingt sous, et demande à les gagner ou à être payé si on ne l'emploie pas. D'après ce discours, le mari croit être arrivé assez à temps pour empêcher son infortune. Il se hâte de faire sortir au plus tôt l'écuyer ; il lui donne le double de ce qu'il avait demandé, et celui-ci, fourni d'argent, retourne à son auberge, après avoir fait payer à M. Marge les plaisirs qu'il avait pris avec madame.

« Quoique l'écuyer se soit bien trouvé de la fonction de consolateur, ajoute le fablier, je ne conseille pourtant à personne d'entreprendre cette profession. Peu de gens sont nés pour y réussir aussi bien que lui, et tous ne se tireraient pas aussi bien du danger où il se trouva. »

Frère Denise, Cordelier[25]

L'habit ne fait pas l'ermite. En vain vous habitez un couvent, en vain vous êtes couvert d'un drap grossier, si votre vie n'est pas conforme à la régularité de vos habits, votre cellule et votre froc, je méprise tout cela. Combien cependant en est-il qui nous en imposent par cet extérieur apparent de la vertu, semblables à ces arbres que le printemps voit couverts de fleurs et sur lesquels l'automne ne trouve aucun fruit. Un proverbe nous dit que tout ce qu'on voit luire n'est pas or ; je veux, avant de mourir, vous le prouver par l'histoire de la plus belle et de la plus intéressante créature qu'on pût trouver dans toute la France et l'Angleterre. Voici ce qui lui arriva.

La demoiselle, fille d'un chevalier et nommée Denise, avait pour mère une femme respectable, avec laquelle, depuis la mort de son père, elle vivait chrétiennement. Tous les franciscains qui passaient par le château y étaient bien reçus. L'un d'eux, nommé frère Simon, custode[26] de son couvent, devient, dans une de ses passades, amoureux de la jeune Denise. Elle foulait se faire religieuse, et prie le custode de solliciter pour elle auprès de sa mère cette permission.

L'hypocrite moine, qui forme sur cette déclaration le projet de l'enlever, persuade à la pucelle que si elle veut pratiquer comme lui la règle de saint François, elle sera sainte après sa mort. Simple et sans expérience, la vertueuse Denise le supplie de lui procurer ce bonheur. Il feint de la recevoir dans l'ordre ; et en lui ordonnant sur tout ceci le silence le plus profond, il lui dit de se rendre, à trois jours de là, sous des habits d'homme, dans un certain endroit, où il promet de venir la prendre pour la conduire au couvent. Elle se procure des houseaux avec une robe d'homme ouverte par-devant et, après avoir coupé ses beaux cheveux blonds, s'échappe, abandonnant ainsi la plus tendre des mères qu'elle allait innocemment accabler de douleur.

---
25 Par Rutebeuf.
26 Dans la famille franciscaine, on appelle custode le supérieur religieux qui a la responsabilité d'une custodie ou province ; par exemple Antoine de Padoue fut custode de Limoges.

Simon l'attendait au rendez-vous. Il l'emmène dans son monastère, où il lui fait prendre l'habit sous le nom de frère Denise. Les petits moines se sentaient beaucoup d'inclination pour le nouveau novice : le custode y met bon ordre ; lui seul se charge de l'instruire ; il ne la perd pas de vue, et en route ne prend jamais d'autre compagnon.

Un jour dans leurs voyages tous deux viennent loger chez un chevalier. L'épouse, femme honnête, sage et sensée, est frappée de la beauté du jeune frère : elle l'examine attentivement, et croit s'apercevoir que ce n'est point un homme. Après le repas, elle dit tout bas à son mari d'emmener dehors le custode, et, sous prétexte de vouloir se confesser, fait rester le compagnon. Frère Simon alarmé ne veut pas y consentir : il allègue que Denise n'est point prêtre ; il s'offre à écouter la confession de la dame, mais celle-ci prenant la demoiselle par la main, la conduit dans sa chambre et ferme la porte.

Bientôt elle sait toute l'aventure. Alors elle appelle le custode qu'elle accable de reproches ; il se prosterne à ses genoux pour demander grâce. Le mari qui veut éviter l'éclat lui pardonne, à condition qu'il donnera 400 livres, lesquelles serviront à marier la demoiselle. Trop heureux d'en être quitte à ce prix, le séducteur engage sa parole de les apporter le lendemain, et il part pour aller les chercher. La dame en attendant fait changer d'habits à Denise, et mande la mère, à qui elle persuade que sa fille s'était enfermée aux Filles-Dieu, d'où elle vient de la retirer. L'aventure ainsi resta secrète. L'argent du moine arriva, et la demoiselle fut mariée à un chevalier, du nombre de ceux qui autrefois en avaient fait la demande.

La Bourse pleine de sens

Dans la terre du comte de Nevers vivait, à ce que nous dit Jean le Gallois[27], un gros marchand nommé Rénier, homme fort intelligent dans son commerce, et surtout en ce qui concernait les foires. Il demeurait à Decize. C'est une ville située dans une île, au milieu de la Loire : je n'en connais point dont la situation soit plus riante. La femme du bourgeois, appelée Phélise, était fille d'un chevalier ; mais, quoiqu'elle aimât tendrement son mari, et qu'elle fût la plus belle personne que l'on connût dans le canton, Renier ne s'en était pas moins amouraché d'une coquine, pour laquelle il n'épargnait aucune dépense, et qui dans son cœur ne cherchait qu'à le tromper. Une pareille intrigue ne fut pas longtemps inconnue à Phélise. Aux allées et aux venues de son mari, à ses fréquentes absences, elle soupçonna la vérité, et ne put s'empêcher de lui en témoigner sa douleur. Non seulement il nia le fait, mais il témoigna encore beaucoup d'humeur à sa femme, de sorte que celle-ci, le voyant continuer son même train de vie, prit le parti de se taire et de fermer les yeux.

Peu de temps après, Renier se proposa d'aller à la foire de Troyes. Au moment de monter à cheval et de faire partir ses charrettes, il vint prendre congé de sa femme. « Que voulez-vous que je vous rapporte de la foire ? lui dit-il : guimpe, bourses, bagues, agrafes, ceintures en or, demandez tout ce qui vous fera plaisir, pourvu que je puisse le trouver, vous êtes sûre de l'avoir. – Je suis très sensible à votre attention, répondit-elle ; mais puisque vous me laissez le choix de ce que je veux, je vous prierai de me rapporter seulement du sens plein une bourse d'un denier. » L'époux en donna sa parole, sans faire trop de réflexion à ce qu'il promettait, et il partit.

Arrivé à Troyes, il vendit ses marchandises et acheta celles qu'il lui fallait, comme draps, étoffes de soie, écarlate teinte en graine, coupes et hanaps d'or et d'argent, laines de Bruges et de Saint-Omer : après quoi il songea à faire l'emplette dont l'avait chargé son épouse. Mais il eut beau demander

---

27 Jean Le Gallois d'Aubepierre

par toute la halle une bourse pleine de sens, personne ne put le satisfaire.

Cependant il se trouva un vieux marchand de Galice, venu là avec de l'anis, du gingembre et de la cannelle, qui crut entrevoir du mystère dans cette demande. « Sire, dit-il au bourgeois, êtes-vous marié ? » Rénier répondit qu'il avait une femme belle et sage. « N'auriez-vous pas-une mie ? » reprit l'Espagnol : on le lui avoua. « Oh ! je commence a entrevoir ce qu'a voulu de vous votre épouse. Mais, dites-moi, vous emportez sans doute quelque chose de la foire pour votre mie ? » Rénier avoua encore qu'il portait à Mabille (c'était le nom de la fille) une robe de soie d'Ypres. « Écoutez-moi, ajouta le prud'homme, j'ai un conseil à vous donner, c'est, avant de faire un tel présent à cette créature, de vous assurer si elle le mérite. Quand vous serez près d'arriver, quittez votre robe pour en prendre une vieille et déchirée ; entrez le soir chez la donzelle avec cette apparence de misère, dites-lui que vous venez d'être ruiné, et priez-la de vous recevoir. Si elle vous accueille avec les mêmes caresses et la même joie qu'auparavant, donnez-lui la robe, j'y consens. Mais si elle se montre telle que sont ordinairement toutes ces malheureuses, ne perdez plus là davantage votre temps ni vos deniers. D'après ce que vous m'avez dit de votre femme, je lui crois d'autres sentiments ; cependant il ne tiendra qu'à vous d'employer aussi vis-à-vis d'elle la même épreuve : vous saurez après cela qui des deux mérite votre amour. »

Rénier, trouvant le conseil sensé, résolut de le mettre en usage. Il entra donc dans Decize au commencement de la nuit afin de n'être pas reconnu, et vint frapper chez Mabille. Elle était au lit et descendit pour lui ouvrir ; mais quand elle vit ses haillons, elle lui demanda, d'un air d'étonnement, où il avait été ainsi s'accoutrer ; et sur la réponse préparée qu'il lui fit, elle le pria de sortir et lui ferma la porte au nez.

Fort mécontent de son épreuve, Renier revint chez lui dans le dessein néanmoins de l'employer encore pour sa femme. À la voix de son mari, celle-ci accourut avec empressement et lui témoigna la joie qu'elle avait de le revoir. Il s'écria qu'il était perdu, que tout ce qu'il conduisait à Troyes lui avait été volé. Il parla de ses créanciers qui allaient fondre sur lui, et donna tous les signes du plus grand désespoir. « Quoi ! sire, voilà ce qui vous afflige, reprit Phélise. Mon bon ami, prends courage, il nous reste encore mon bien et ma dot. Prés, bois, moulins, vignes et maisons, mes robes même et mes joyaux, vends tout, j'y consens de grand cœur. » Alors elle lui ôta la robe déchirée qu'il avait, pour lui en donner une de menu vair ; elle lui servit à manger, et l'exhorta surtout à bannir toute idée chagrine qui eût pu troubler son sommeil.

Mabille, dès le point du jour, s'était hâtée d'aller répandre dans la ville la nouvelle du malheur prétendu de Rénier. Aussitôt ses créanciers étaient accourus ; et lui, pour apprendre aussi à les connaître, feignit de continuer son jeu. « Mes amis, leur dit-il, vos craintes ne sont que trop bien fondées. Je suis ruiné en effet ; et je me consolerais peut-être, si je ne perdais que mon bien : mais je fais tort aussi à d'autres et c'est là ce qui m'afflige. Voyez, je vous prie, à me soulager ; convenons ensemble de quelques arrangements. »

À ce discours les créanciers se turent, et ne rompirent le silence que pour murmurer entre eux. Enfin tout-à-coup ils virent paraître de loin, sur le pont de Decize, le valet de Rénier, conduisant son cheval et suivi de dix charrettes chargées. Ils demandèrent à qui appartenaient toutes ces voitures.
À moi, répondit le bourgeois ; et alors il conta son aventure de Troyes et le conseil que lui avait donné l'Espagnol. Phélise à son tour avoua que son mari avait deviné et rempli son intention. Il lui fit présent de la robe destinée à Mabille ; et pour célébrer le succès de son épreuve, il donna ce-jour-là une grande fête. Messieurs, si quelqu'un parmi vous avait le cœur inconstant et léger, qu'il fasse bien attention à mon fabliau. Défiez-vous de ces misérables qui vous aiment pour de l'argent ; car leur en eussiez-vous donné autant qu'en possède le roi, soyez sûrs que si elles vous voyaient dans la misère, elles ne feraient qu'en rire. Tout leur talent est de tromper : et bien fou est celui qui, possédant une femme estimable, va se déshonorer avec des coquines incapables de loyauté et d'amour.

De la Vieille qui séduisit la Jeune Femme

U, prud'homme voulait aller en pèlerinage. Il est vrai qu'en s'éloignant il allait abandonner à elle-même une femme jeune et jolie, mais cette femme était si honnête et si raisonnable, elle avait tenu jusqu'alors une conduite si réglée, que le pèlerin partit sans la plus petite inquiétude sur son compte. L'épouse répondit à sa confiance et continua de se comporter toujours avec la même sagesse. Peut-être même n'eût-elle jamais manqué à ses devoirs, si, par une ruse maudite que je vais vous conter, on ne l'eût fait tomber dans un piège auquel l'innocente fut prise.

Certain jouvenceau beau et aimable la vit passer un jour. Elle avait une taille charmante, un teint de rose, il en devint amoureux, et à force d'y penser cet amour chez lui devint une rage. Pour en instruire la belle, il employa d'abord lettres et messages, mais ils furent rebutés.

Sans se déconcerter, il revint à la charge, promit, pria et n'obtint pas davantage. Cette rigueur désespérante l'affecta si fort que peu s'en fallut qu'il ne perdît la raison. Sa seule consolation était de passer, et de repasser souvent par la rue qu'habitait la dame. Si le hasard lui procurait le bonheur de la voir, il s'arrêtait devant elle pour la contempler ; s'il ne la voyait pas, il se retirait en pleurant.
Une vieille de sa connaissance le rencontra un jour dans une de ces tristes promenades, et lui demanda quel était le sujet de ses larmes. Lui, qui avait honte de le découvrir, n'osa l'avouer. « Bel ami, lui dit-elle, tu as tort ; plus on garde sa maladie, plus elle empire. Peut-être que si je connaissais la tienne je la guérirais aisément. » Quand le damoiseau l'entendit parler ainsi, il lui confia son secret ; et l'autre ayant écouté le pria de se calmer, et l'assura qu'avant peu elle terminerait ses peines.

La jeune dame était simple et naïve ; la vieille au contraire fine et rusée. Celle-ci avait une chienne qu'elle fit jeûner rigoureusement pendant trois jours, et le troisième elle lui donna à manger des choses fortement saupoudrées de sénevé. Malgré la répugnance que devait donner à l'animal ce ragoût brûlant, sa faim était telle qu'il le dévora ; mais le sénevé lui picotait le palais et les narines, et il larmoyait beaucoup.

Dans cet état la vieille le porta chez la jeune personne, qui, ne soupçonnant rien de la ruse, par un sentiment de bon naturel demanda pourquoi la chienne pleurait si fort. À cette question la vieille se mit à larmoyer aussi de son côté, et avec un profond soupir elle répondit : « Dame, au nom de Dieu, ne me faites jamais cette question-là, je vous prie ; elle renouvelle tous mes chagrins. Hélas ! il faut que vous les ignoriez, puisque vous ne pleurez pas avec moi. » Une pareille réponse était faite pour piquer la curiosité de l'épouse ; et c'était bien l'intention de la vieille.

On la pressa de dire ce secret si douloureux. Elle s'en défendit quelque temps, et enfin parla ainsi : « Cette chienne que vous voyez fondre en larmes dans mes bras, le croiriez-vous jamais, douce dame ! elle a été ma fille ; mais une fille, belle, sage, et faite en un mot pour être l'honneur de sa famille. Son malheur fut d'avoir le cœur dur. Un jeune homme l'aimait, elle le rebuta. Le malheureux après avoir tout tenté pour l'attendrir, désespéré de sa dureté. en prit tant de chagrin qu'il tomba malade et mourut Dieu l'a bien vengé. Voyez, en quel état, pour la punir il a réduit ma pauvre fille, et comment elle pleure sa faute. »

À ce discours la jeune femme fut saisie de frayeur. « Et moi aussi, s'écriat-elle, je sais un jeune homme qui m'aime tendrement et dont jusqu'ici je n'ai jamais voulu écouter les vœux. Hélas ! s'il allait mourir aussi, quel serait mon sort !—Je vous plains, reprit la vieille, s'il y a quelqu'un que par votre rigueur vous ayez réduit à cette extrémité ; mais peut-être est-il encore possible de le sauver. Quel service m'aurait rendu celui qui m'eût avertie à temps de la faute de ma fille ! J'eusse racheté deux âmes à la fois. »

La dame de plus en plus effrayée cria miséricorde. On eût dit que d'un instant à l'autre elle s'attendait à être métamorphosée en chienne. Elle supplia la vieille d'avoir pitié de sa situation. L'adroite coquine, feignant d'y compatir, alla aussitôt chercher le damoiseau ; et ce fut ainsi que tous deux vinrent à bout de rendre malhonnête une femme qui ne l'était pas.

Du pauvre Clerc

Je ne veux pas, messieurs, vous tenir ici en suspens ; et, sans moralité ni préambule, je vous dirai tout uniment qu'un jeune clerc de province était venu à Paris, dans le dessein d'étudier aux écoles ; mais qu'après y avoir demeuré quelque temps et avoir vendu pièce à pièce, pour subsister, le peu d'effets qu'il avait, il s'était vu enfin, par la nécessité, forcé d'en sortir et de retourner chez lui. Il allait à grands pas, comme un homme pressé d'arriver, et marcha ainsi tout le jour sans prendre aucune nourriture, car il ne possédait pas une maille.

Le soir cependant, quand la nuit approcha, il lui fallut songer à chercher un asile. Heureusement s'offrit à lui une maison écartée. Il s'y présenta et pria au nom de Dieu qu'on voulût bien le recevoir. Le maître du logis, honnête homme et bon laboureur, était allé au moulin ; il ne se trouvait à la maison dans le moment que sa servante et sa femme. Celle-ci répondit sèchement qu'elle ne recevait personne en l'absence de son seigneur. Le pauvre clerc redoubla d'instances. Il représenta le malheur de sa situation et demanda, pour toute grâce, une place dans l'étable avec un morceau de pain ; mais il ne reçut qu'une réponse plus dure encore que la première, et on lui ordonna de se retirer.

Comme il sortait, il vit entrer un valet, chargé d'un panier dans lequel étaient deux barils de vin que la femme prit et rangea dans un coin. La servante en même temps plaça dans une armoire un gâteau qu'elle avait fait, et un morceau de porc frais qu'elle tira du pot. Enfin, le moment d'après, parut un prêtre qui, enveloppé de sa chape noire, passa près du clerc sans dire mot, et entra dans la maison.

Tout cela ne fit qu'augmenter le chagrin du voyageur. Fort triste comme vous l'imaginez, accablé de fatigue, mourant de faim et ne sachant que devenir, il alla s'asseoir à quelques pas de là sur le bord du chemin pour déplorer son sort. Un paysan qui vint à passer avec un cheval chargé, et qui l'entendit se plaindre, lui demanda ce qu'il avait. « Vous voyez, répondit le clerc, un homme au désespoir et réduit, faute d'asile, à passer ici la nuit. – Faute d'asile, reprit le paysan ! et pourquoi n'allez-vous pas frapper à la porte de cette maison vis-à-vis ?—Hélas ! sire, je l'ai fait, mais on m'a renvoyé. – Renvoyé, corbleu ! eh bien ! apprenez que cette maison-là c'est la mienne. Suivez-moi, vous verrez si l'on peut y loger. » Le paysan le prit par la main, et frappant en maître à la porte il appela sa femme.

Celle-ci, qui ne l'attendait pas, fut fort surprise. « Sire, dit-elle au curé, cachez-vous dans cette étable ; je le ferai coucher de bonne heure, et quand il sera endormi, vous pourrez vous esquiver. » Tandis que le prêtre se cachait, elle alla ouvrir. Le paysan fit entrer le clerc. « Notre ami, lui dit-il, prenez un siège, quittez votre chaperon ; mettez-vous à votre aise. Moi, voyez-vous, je suis un bon vivant, sans façon, qui aime les honnêtes gens et la joie. Ça, notre ménagère, qu'est-ce que vous nous donnerez pour régaler notre hôte ? – Rien, sire. Vous savez que quand vous êtes parti pour aller au moulin vous comptiez y passer la nuit ; je n'ai rien préparé. – C'est vrai, ils m'ont expédié plus tôt que je ne croyais, parce qu'ils n'avaient pas d'ouvrage ; et j'en suis bien aise, puisque cela m'a fait rencontrer ce brave homme. Mais par saint Clément ! rien aussi c'est trop peu. – Il restait un morceau de pain, Catherine et moi nous l'avons mangé. – Après tout, ce que j'en dis n'est pas pour moi ; c'est pour ce pauvre piéton qui doit avoir faim. —— Eh bien ! sire, puisque vous avez apporté de la farine, Catherine n'a qu'à en passer un peu et vous faire quelque chose. À la guerre comme à la guerre. Un mauvais repas est bientôt oublié. »

Le mari jura beaucoup, mais il fallut en passer par là. Quant au clerc, qui savait à quoi s'en tenir sur tous les propos de la femme, et qui avait vu les préparatifs d'un bon souper, il enrageait intérieurement, et il eût été très aise de trouver l'occasion de se venger.

En attendant que Catherine eût fini, le paysan proposa au voyageur de chanter ou de conter quelque histoire. « Moi, lui dit-il, je ne suis qu'un sot, mais j'aime les gens d'esprit et qui savent lire. Allons, camarade, dites-nous-en une jolie.—Je ne sais ni chanson ni fabliau, répondit le clerc, et je ne suis pas homme à vous mentir en contant des fagots sans vérité ni raison. Mais je vous dirai, si vous voulez, une aventure qui m'est arrivée en route ce matin, et qui m'a causé une belle peur. – Eh bien ! sire, contez-nous donc votre peur ; et je vous tiendrai quitte : car je sais bien que vous n'êtes pas ménétrier. »

Alors le clerc commença ainsi : « Sire, je venais de traverser un bois, et il était environ tierce (la troisième heure du jour), quand j'aperçus dans la campagne un nombreux troupeau de cochons. Il y en avait de grands, de petits, des blancs, des noirs, en un mot de toutes les tailles et de toutes les couleurs ; mais j'admirai surtout celui qui menait la bande. Il était gras, luisant, rebondi, en un mot tel qu'a dû être celui dont Catherine tout à l'heure a tiré un morceau du pot.— Quoi ! ma femme, tu as du bacon, interrompit le mari, et tu ne nous le disais pas ! »
La femme rougit ; et comme elle n'eût rien gagné à nier le fait, elle en convint. Notre ami, ajouta le paysan, nous ne mourrons pas de faim à ce que je ce vois, et vous avez bien fait de voir des cochons. Allons, achevez votre histoire. – Je disais donc, sire, qu'il y avait dans la bande un beau cochon. Il s'écarta un peu. Un loup était là aux aguets ; il saute dessus, l'emporte et s'enfuit, à-peu-près comme le valet qui vient de venir ici, quand il y a eu déposé son vin. – Comment, par les saints dieux, nous avons du vin ! ce s'écria le laboureur. Nous voilà trop heureux, mon camarade, grand merci, ça fera passer le ce bacon ; mais dites-moi, est-ce qu'il n'y avait pas là quelques chiens pour courir après votre ce loup ?—- Non ; le porcher apparemment était resté dans le bois ; je ne le vis point. Moi j'eusse, ce très fort désiré d'arrêter le voleur ; mais comment m'y prendre ? Par bonheur j'aperçois à mes pieds une grosse pierre. Oh ! ma foi, elle était bien sans exagérer aussi grosse que le gâteau qu'a fait Catherine ».
À ces mots la femme resta confondue. « Oui, sire, dit-elle en balbutiant, je lui ai fait faire un gâteau, je voulais vous surprendre... Il est aux œufs... Vous voyez que j'ai songé à vous. – Dieu soit béni, notre femme ; il n'y pas là de quoi me fâcher. Mais entre nous, vive notre hôte, avec ses peurs, pour faire bonne chère. Si bien donc, sire, que vous jetâtes une pierre au loup. – Je la lui jette, comme vous dites, et je l'attrape. Mais voici le terrible de l'aventure ; et c'est alors que j'ai eu vraiment peur. Il lâche le

bâton et se retourne vers moi en grinçant des dents et me regardant avec des yeux furieux, comme fait en ce moment le curé qui est là-bas au fond de l'étable. – Un prêtre dans ma maison, s'écria le paysan ! Ah ! coquine, tu fais ce donc venir des amoureux quand je suis dehors ! et c'est pour cela apparemment que tu avais un si bon souper ? »
Mon homme aussitôt de saisir un bâton, et de tomber à bras raccourci sur sa femme. Le prêtre, qui prévoit que son tour va venir, veut s'échapper. Il est arrêté, battu à outrance, dépouillé presque tout nu, et dans cet état mis à la porte. Pour le pauvre clerc, il mangea le souper du curé, il but son vin ; et le lendemain quand il partit, on lui donna encore toutes ses hardes.

Il y a un proverbe de villain qui dit : Ne refusez du pain à personne, pas même à celui que vous ne devez jamais revoir. Ce proverbe est bien sage ; car tel homme qui ne vous paraît pas à craindre peut vous causer souvent beaucoup de chagrin. C'est ce qui arriva en effet à la femme. Si elle avait donné asile au clerc quand il le lui demanda, il n'eût rien révélé ; le rendez-vous n'eût pas été su du mari, et elle se fût épargné bien des coups.

Auberée

Qui veut m'écouter ? je lui conterai une jolie aventure arrivée dernièrement à Compiègne, et que j'ai entrepris de rimer.

Un bourgeois de Compiègne, respecté de tout le monde et fort à son aise, avait un fils prodige et qui aimait le plaisir. Près d'eux habitait un pauvre homme, père d'une fille extrêmement jolie. Le jouvenceau, devenu amoureux de la belle, se lia d'amitié avec le voisin pour attraper sa fille. Il la courtisa longtemps et la pria d'amour ; mais elle était sage, et à toutes ses instances elle répondit toujours : « Sire, je n'aimerai jamais que mon mari : il ne tient qu'à vous de l'être, et ce sera bien volontiers, je vous le jure, que je vous préférerai à tout autre. » Notre amoureux ne demandait pas mieux. Toute sa crainte était que son père n'y voulût pas consentir, et cette crainte était fondée. Le bonhomme, en effet, ne trouvant pas ce parti sortable, défendit à son fils d'y penser.

Dans ces circonstances un marchand de la ville, devenu veuf, vint faire la demande de la pucelle et l'épousa. Je vous laisse à imaginer tout le chagrin qu'en eut le damoiseau. Il pleura, chercha à faire rompre le mariage, maudit mille fois la fortune de son père ; enfin, quand il vit la chose conclue, il prit son parti et ne songea plus qu'à tâcher d'obtenir de la femme ce qu'il n'avait pu avoir de la fille. Il mit donc son surcot fourré d'écureuil et sa belle robe d'estanfort[28] teinte en vert, et alla ainsi faire une visite à la nouvelle mariée ; mais elle le reçut si mal et le pria d'un ton si sec de ne plus revenir, qu'elle lui interdit pour jamais toute espérance.

Troublé d'une pareille réception au point que vous pouvez croire, il entra pour s'asseoir dans une maison voisine, chez une vieille couturière de sa connaissance, nommée dame Auberée. Auberée, qui le vit pâle et tremblant, lui demanda ce qu'il avait. Il raconta à la voisine l'histoire de ses amours, et ajouta qu'il mourrait s'il ne possédait sa belle maîtresse.

L'intrigante la plus adroite qui exista jamais, c'était dame Auberée. Il n'y

---

28 Drap de très bonne qualité, initialement fabriqué à Stamford.

a point d'homme, quelque habile qu'il fût, qu'elle n'eût mené avec sa corde si elle l'avait entrepris. « Quoi ! c'est pour si peu que vous vous désolez ? dit-elle au jeune homme. Mon pauvre ami, prenez courage : je vous promets, moi, incessamment un entretien secret avec elle, et ce sera même son jaloux qui vous en procurera le plaisir ; mais que me donnerez-vous ? » Le damoiseau, dans la joie que lui inspira cette assurance, promit cinquante livres. « Allez les chercher, » reprit Auberée. Il y alla. « Donnez-moi maintenant votre surcot, ajouta-t-elle, et retirez-vous, mais tenez-vous prêt pour cette nuit ou pour l'autre, si j'ai à vous appeler. »

Le projet arrangé dans sa tête, Auberée se mit à la fenêtre pour épier le moment où le marchand irait à ses affaires. Dès qu'elle l'eut vu sortir, elle prit son manteau court, roula le surcot du jeune homme en forme de paquet sous son bras, et alla ainsi chez la nouvelle mariée. « Que Dieu soit avec vous, ma belle dame, lui dit-elle, et qu'il regarde en pitié la pauvre défunte. Le bon cœur de femme que c'était ! Aussi tout le monde l'aimait dans le quartier. Je n'aurais point passé une fois devant sa porte qu'elle n'eût crié :—Entrez donc, dame Auberée, entrez donc. Elle me donnait une chaise, et puis nous causions ensemble. Si j'avais besoin de quelque chose, je venais hardiment le lui demander. Son sang, ma bonne dame, elle me l'eût donné tout de même. Ah ! j'ai fait une bien grande perte en la perdant. – Ne pleurez point pour cela, voisine, répondit la mariée. Eh bien ! vous faut-il quelque chose ? parlez. – Je vous demande pardon de la liberté que je prends, ma bonne dame ; mais puisque vous êtes si généreuse, je vous dirai que vous pouvez me rendre la vie. Depuis quelque temps ma fille est malade. Elle a entendu parler de votre bon vin blanc et de vos petits pains, et voilà deux jours qu'elle me persécute pour en avoir. J'ai toujours jusqu'à présent différé de venir, parce que je ne suis pas accoutumée à importuner ceux que je ne connais point. Mais que ne fait-on pas pour son enfant ? Vous sentirez un jour cela comme moi, ma voisine. – Vous avez eu tort de ne pas venir plus tôt, dame Auberée. Il n'y a rien que messire et moi nous n'eussions donné à votre fille. Mais asseyez-vous donc.—- Que vous méritez bien d'être heureuse, reprit Auberée en s'asseyant, et que je prierai Dieu de bon cœur pour que vous le soyez toujours ! Certes, la défunte n'a jamais eu qu'à se louer de votre mari. Il ne lui refusait rien, ni joyaux ni robes. Je sais tout cela savamment, moi qui vous parle. Par exemple, c'est là-bas qu'était son lit. »

En disant ces paroles, Auberée entre dans le fond de la maison. Elle examine l'appartement, visite les meubles et demande à voir les habillements de la femme. Une jeune mariée, en pareil cas, ne se fait pas beaucoup prier. Celle-ci étale tout ce qu'elle a ; elle fait voir ensuite son lit : « Voilà, dit-elle, où messire et moi nous couchons. » Auberée n'attendait que ce moment. En tâtant le lit pour en examiner la bonté, elle fourre adroitement et sans être aperçue, par-dessous le matelas, le paquet roulé que cachait son manteau. On babille, on jase encore quelque temps ; enfin la couturière feint de se rappeler que sa fille se désole peut-être en l'attendant. On lui donne un pot de vin, un pain et une galette, et elle sort.

Le soir rentra le mari, après avoir bien couru pour ses affaires ; et, comme il se trouvait fatigué, il demanda aussitôt à souper, afin de se coucher de bonne heure. Mais à peine est-il entré au lit, qu'il est surpris de sentir sous ses reins quelque chose qui le blesse. Il se relève, il tâte, et tire le paquet qu'y avait caché la vieille. À cette vue il pâlit d'effroi. Un poignard qu'en ce moment vous lui auriez enfoncé dans le cœur ne lui eût pas tiré une goutte de sang. Il met le verrou pour mieux examiner le paquet, et trouve que c'est un surcot d'homme. « Je suis donc trahi ! s'écrie-t-il avec douleur. Elle en aime un autre et ne m'a épousé que par complaisance. » Alors il se jette sur son lit en soupirant : l'instant d'après il se relève et se promène à grands pas, puis il s'arrête pour songer au parti qu'il doit prendre. Mais plus il réfléchit, plus il se trouve embarrassé. Un million d'idées, plus désespérantes les unes que les autres, viennent assiéger à la fois son esprit troublé. Enfin sa fureur augmente à un tel point qu'il descend, prend sa femme par le bras et la met dehors, en l'accablant d'injures.

L'épouse étonnée se trouve tout-à-coup, avant d'avoir eu le temps de dire un mot, en pleine nuit au milieu de la rue. Elle n'a pas la force de faire un pas tant elle est étourdie. Auberée, qui avait prévu l'aventure, se tenait aux aguets pour en épier l'événement. Elle accourt : « Quoi ! c'est vous, ma belle dame ? eh ! que cherchez-vous dans la rue à une pareille heure ? Vous est-il arrivé quelque chose ?— Ah ! ma bonne Auberée, que je vous trouve à propos ! Quel chagrin ! Mon mari vient d'entrer tout-à-coup en fureur, et il m'a chassée sans me dire pourquoi. Je suis hors de moi-même. De grâce, faites-moi l'amitié de m'accompagner jusque chez mon père. – Gardez-vous-en bien, répliqua la fine vieille, on le saurait dans le quartier, et votre aventure ferait un esclandre. Voulez-vous d'ailleurs vous exposer à être grondée ? c'est par où commencerait le bon homme. Il supposerait quelque intrigue, et, sans vouloir vous écouter, il vous renverrait. Croyez-moi, il y a probablement du vin dans tout ceci ; venez chez moi tandis que votre mari dormira. Demain, quand sa tête sera rassise, nous retournerons chez vous ensemble, et vous verrez qu'il ne saura pas seulement ce qu'on voudra lui dire. Puisque vous m'avez obligée, il est bien juste que je vous oblige à mon tour. »

En disant cela, et sans attendre de réponse, Auberée emmène la dame et la conduit dans une chambre tout au fond de son logis. « Vous voici maintenant en sûreté, lui dit-elle, reprenez vos sens. Je vais vous apporter à souper.— Non ! répond l'autre, le chagrin m'étouffe, il me serait impossible d'avaler la moindre chose. » Auberée, voyant que la dame ne voulait rien prendre, lui conseille au moins de se coucher. Celle-ci s'en défend ; mais enfin, à force de raisons et d'importunités, elle se déshabille et se met au lit.

À peine y est-elle que la vieille court avertir le jouvenceau. D'après l'espérance qu'on lui avait donnée, il ne songeait guère à dormir, comme vous pouvez croire, et attendait assis à sa fenêtre. « Quelles nouvelles ? s'écria-t-il. – Très bonnes : la biche est dans mes filets. » Il saute alors les escaliers quatre à quatre, il accourt.

Ce qui suit ne se devine que trop. La femme résiste d'abord et veut crier, le damoiseau lui représente que, si quelqu'un venait, dans l'état et le lieu où elle se trouve, on croirait difficilement qu'elle n'est pas coupable. Il profite de sa surprise et de son trouble. La nouvelle Lucrèce succombe ;

mais, moins sévère que l'autre, celle-ci enfin pardonne à son vainqueur, et l'embrasse.

Le matin, quand on sonna les matines à l'abbaye de Saint-Corneille, Auberée entra dans la chambre des deux amants : « Levez-vous, dit-elle au jeune homme, et sortez d'ici.-— Eh ! pourquoi donc sortir ? demanda-t-il, il n'est pas encore ce jour.— Allons, obéissez, et point de réplique, si vous voulez que je vous serve encore une autre fois. Et vous, dame, il faut songer à votre mari maintenant ; c'est mon affaire, habillez-vous et suivez-moi. »

Auberée sortit alors avec la jeune mariée qu'elle conduisit à l'église de l'abbaye. Là, l'ayant placée à genoux dans un coin, et allumant un cierge auprès d'elle, elle lui mit en main un gros livre, et lui dit de rester dans cette posture jusqu'à ce qu'elle revînt. La vieille, après cela, courut chez l'époux. Il avait passé la nuit tout entière à se promener dans sa chambre en rêvant à son malheur, qui l'attristait beaucoup. Cependant il se repentait d'avoir chassé sa femme, et sans cesse il avait eu l'oreille aux écoutes, dans l'espoir que peut-être elle reviendrait au logis. Dès qu'il entendit frapper, il courut à la porte, et vit Auberée qui lui conta qu'ayant eu la nuit un songe terrible, et étant allée à l'abbaye afin de prier Dieu d'en détourner les effets, elle avait été fort surprise d'y trouver sa femme en pleurs. « Il faut que vous soyez bien dur, ajouta-t-elle, d'envoyer à l'église à une pareille heure un tendron de cet âge, si aimable et si joli, que vous devriez tous les jours laisser dormir la grasse matinée pour se rafraîchir le teint. – À l'église ! s'écria le mari étonné, mais en même temps fort joyeux, dame Auberée, vous m'en faites accroire. – Oui, sire, à l'église, et si vous ne me croyez pas, venez-y avec moi. »

Il y alla et trouva sa femme dans la posture où Auberée l'avait mise, ayant l'air de prier Dieu fort dévotement. Ce spectacle édifiant le calma si bien sur son compte, qu'après lui avoir fait des excuses et avoué que la veille il avait bu quelques coups de trop, il la ramena lui-même au logis. Cependant l'histoire de ce surcot, qu'il ne pouvait expliquer, lui restait encore sur le cœur, et durant toute la matinée, il ne fit qu'y réfléchir et se tourmenter.

C'était là la dernière victoire que se proposait de remporter Auberée. Elle se mit comme la veille aux aguets à sa fenêtre, pour attendre que le prud'homme sortît ; et lorsqu'elle le vit passer, elle commença à crier de toutes ses forces, avec un ton de désespoir : « Trente sous, mon doux Jésus ! trente sous ! il faut donc que je meure », et en parlant ainsi, elle se frappait la poitrine et pleurait à vous fendre le cœur.

Aux cris qu'elle poussait, le marchand s'arrêta pour lui demander ce qu'elle avait. La fine vieille, sans faire semblant de le voir, et comme une femme hors d'elle-même, continua de crier toujours « Trente sous, mon bon Dieu ! et où veut-on que je les trouve ! Je suis ruinée, ils « vont venir ici tout prendre, tout saisir. Ah ! voici le malheur que m'annonçait mon rêve. »

Ces lamentations, qui avaient l'air et le ton de la vérité, excitèrent la compassion et la curiosité du marchand. Il entra, et tirant la couturière par la manche, il lui demanda une seconde fois ce qui l'affligeait ainsi. « Sire, répondit-elle, voyez si je ne suis pas bien malheureuse. Hier il est venu chez moi un jeune homme m'apporter un surcot : il y avait quelques peaux à recoudre, et il le voulait pour ce matin. J'ai commencé tout de suite à y travailler ; mais comme j'avais à sortir, je l'ai porté avec moi pour ne pas perdre de temps, dans le cas où l'on me ferait attendre, et l'ai laissé quelque part, sans pouvoir me rappeler où. Le jeune homme vient de venir me le redemander, je n'ai pu le lui rendre, il a fait du tapage et m'a menacée de me poursuivre en justice, si je ne lui payais trente sous qu'il lui coûte. Trente sous, mon voisin : songez donc quelle somme ça fait. Ah ! si je ne le retrouve pas, je n'ai plus qu'à m'aller jeter à l'eau. – Dites-moi, bonne Auberée, reprit le marchand, ne seriez-vous pas venue hier au logis ?— Oui, sire, et à telles enseignes que votre femme faisait son lit, et qu'elle m'a même fait asseoir à côté d'elle pour causer un moment. Au reste, le surcot est vert et fourré d'écureuil. Il y a de plus une couture commencée quelque part, et vous y trouverez mon aiguille et mon dé. »

Jamais joie n'égala celle que ressentit le marchand quand il entendit cette nouvelle. Il se rappelait bien que le surcot qu'il avait trouvé était vert et doublé d'écureuil. Il ne lui fallait pour devenir le plus heureux des hommes, qu'y trouver encore l'aiguille et le dé ; c'est ce qu'il alla vérifier, et ce qui acheva de combler son bonheur. Ainsi tous quatre furent contents ; mais je vous laisse à décider qui des quatre le fut davantage.

L'auteur finit par cette réflexion que rarement une femme fera une sottise, si une autre femme ne l'y encourage. Telle est honnête, sage et pure, dit-il, qui bientôt cessera de l'être, si elle voit une amie ou une voisine.

Du Chevalier qui confessa sa Femme

Près de Vire, dans le Bessin, était un ménage qu'on proposait à la ronde comme un modèle d'union. Le mari, bon chevalier, aimait tellement sa femme, et il avait en elle une si grande confiance, que non seulement il la laissait en tout maîtresse absolue, mais qu'il n'eût, pas même voulu entreprendre la plus petite chose sans la consulter. La dame jouissait dans le pays de la meilleure réputation. Elle passa ainsi, près de son tourtereau, plusieurs années heureuses.

Mais tout-à-coup elle tomba malade assez sérieusement pour être alarmée. Elle fit alors venir son curé à qui elle se confessa, et entre les mains duquel elle disposa, en legs pieux, de tout ce qui lui appartenait. Néanmoins, ne croyant pas apparemment une seule absolution suffisante, elle appela son mari : « Cher sire, lui dit-elle, rendez-moi un service. J'ai souvent entendu parler d'un religieux du couvent voisin, que tout le monde dit être un saint homme. Dans l'état où je suis, je serais charmée d'être réconciliée par lui avec Dieu ; envoyez, je vous prie, quelqu'un de vos gens le chercher. – Je n'y enverrai point, répondit l'époux complaisant, j'irai moi-même ; » et aussitôt il monta à cheval, et se rendit au monastère.

Mais en chemin il fit quelques réflexions sur cette manie d'un second confesseur. Tant d'empressement lui inspira le désir d'en connaître le motif ; et, afin de le savoir bien sûrement, il résolut de revenir se présenter à la place du moine.

Arrivé au couvent, il alla descendre chez le prieur. Celui-ci, qui le connaissait particulièrement, accourut au-devant de lui pour le recevoir, et fit prendre son cheval par un valet. « Je vous ai une véritable obligation, lui dit-il, d'être venu ainsi me surprendre, entrez ; et, puisque je vous tiens enfin, je vous annonce qu'on ne vous laissera pas partir de sitôt. – Beau sire, répondit le chevalier, je suis on ne peut pas plus sensible à votre amitié, mais il ne m'est pas possible d'en profiter. Je repars dans l'instant, et viens seulement vous demander un service. J'ai besoin pour quelques

moments d'une de vos robes, prêtez-la-moi, je vous prie, avec vos bottes et votre cheval. Je reviendrai avant minuit vous rendre le tout. »
Le prieur y consentit, et le chevalier, se revêtant de l'attirail monastique, retourna sous ce déguisement au château.

Afin de n'être pas reconnu, il eut soin de n'arriver qu'à la nuit, et d'abaisser son chaperon sur ses yeux, de manière à se cacher le visage. Un valet vint l'aider à descendre de cheval et le mit entre les mains d'une des suivantes, qui aussitôt le conduisit à l'appartement de la malade. Il n'y avait dans la chambre d'autre clarté que celle d'une petite lampe allumée dans un coin de la cheminée. « Madame, dit la suivante, voici le religieux que vous avez mandé. – Qu'il entre, répondit la femme, et qu'on nous laisse… Ah ! sire, ajouta-t-elle en s'adressant au faux moine, qu'il y a longtemps que je désirais de vous voir ! j'ai grand besoin de consolation. Asseyez-vous, je vous en supplie.— Ma douce dame, répartit celui-ci d'une voix contrefaite, c'est être sage que de chercher à rentrer en grâce avec Dieu. Il est le maître de notre vie, et peut nous l'ôter à son gré. Ayez confiance en sa miséricorde, et avouez-lui humblement vos fautes ; mais n'en celez aucune, car il est écrit, vous le savez, qu'un seul péché caché suffit pour tuer l'âme. – J'en ai beaucoup à me reprocher, reprit la malade, je jouis d'une bonne réputation et n'en suis guère digne. Hélas ! quelquefois pour une simple étourderie, telle femme est déshonorée qui ne le mérite pas autant que moi. J'ai souvent manqué de fidélité à mon mari, et je prie Dieu de me le pardonner. »

À ce discours : vous pouvez vous figurer la grimace que fit le chevalier sous son chaperon. « Dame, dit-il, vous avez fait un grand péché. Ignorez-vous quels sont vos devoirs ? Aviez-vous à vous plaindre de votre mari ? – Non, sire ; mais vous trouverez peu de femmes plus fidèles au leur. Quelque beau et quelque jeune qu'il soit, on a plus de désirs qu'il n'a d'amour. Souvent même il est si froid et si indifférent qu'il oublie ses devoirs. L'épouse, dans la crainte de perdre son estime et de lui inspirer un soupçon dangereux, n'ose les lui rappeler ; et, en dépit de toutes les résolutions qu'elle peut faire, bientôt la nécessité la force à un autre choix. – Et avec qui avez-vous péché ? demanda le mari. – Ah ! sire, voilà ce qui aggrave ma faute, et ce qui dans ce moment me fait trembler pour mon salut. C'est avec le neveu de mon seigneur. Je l'aimais éperdument et serais morte de douleur si je n'avais réussi à m'en faire aimer : j'en suis enfin venue à bout ; voilà cinq ans entiers que nous vivons ensemble. – Avec le neveu de votre mari ! Quoi ! dame, vous ignoriez donc que cet amour est presque incestueux ? – Je le savais, sire ; mais telle est l'extrémité où nous sommes réduites, nous autres femmes de qualité. Entourées sans cesse de valets qui espionnent nos actions, nous sommes obligées, si nous voulons les tromper, de choisir pour ami l'homme dont ils doivent se défier le moins. Mon neveu était dans ce cas : cent fois le jour il pouvait entrer et sortir de mon appartement, sans que personne pût y trouver à redire, et j'ai profité de cet avantage. Souvent même je lui ai fait part de la fortune de mon mari, car je me suis rendue maîtresse du château et j'y dispose de tout. Vient-il des étrangers ? c'est moi seule qu'ils demandent : ils ne s'informent seulement pas du seigneur, qui n'est rien, et que j'ai totalement anéanti. Telles sont les femmes : elles veulent toutes dominer, et c'est un mal, parce qu'étant naturellement avares, jamais elles ne peuvent bien tenir une maison. »

Le chevalier n'en voulut pas savoir davantage. Il prescrivit à la malade une pénitence telle quelle, et retourna porter l'habit au prieur, après quoi il revint chez lui, où d'abord il commença par chasser son neveu.

Une crise heureuse sauva la dame, En peu de jours elle fut guérie ; mais un certain matin qu'elle venait de donner des ordres à ses gens avec le ton absolu qu'elle prenait d'ordinaire, l'époux choqué, se levant en fureur, lui dit : « Qui vous autorise à tant d'insolence, madame ? Je sais, il est vrai, que telle est la coutume des femmes et qu'elles veulent dominer ; mais quand ce sont des coquines, elles devraient rougir devant tout le monde et être modestes. »

L'épouse ne fit que rire de ce discours ; et de l'air le plus tranquille elle répondit : « Esprit tentateur que vous êtes, vous croyez qu'on n'a pas deviné vos ruses ? La belle finesse d'avoir pris un habit de moine ! Il fallait donc en même temps changer aussi de voix et de visage. Avouez au moins que je m'en suis passablement vengée. Une autre à ma place, en vous voyant sous ce déguisement venir surprendre l'aveu de ses faiblesses, vous eût peut-être arraché les deux yeux ; moi j'ai voulu d'une autre manière vous punir de votre trahison. Cependant, sire, en m'égayant à vos dépens, j'ai trouvé l'occasion de vous donner quelques avis. Votre neveu, par exemple, nous coûtait beaucoup. Si je vous eusse proposé de le renvoyer, vous eussiez lui et vous bataillé longtemps. Je me suis servi d'un moyen plus simple, et dans un instant il a reçu son congé. Vous oubliez quelquefois, cher sire, que j'ai certains droits ; et quoique, entre nous, je ne sois pas, comme vous le savez, extrêmement exigeante sur l'article, encore est-il bon cependant de vous les rappeler de temps en temps. Enfin vous avez en moi une confiance absolue, j'en suis assurément très reconnaissante, et tâcherai toujours de n'en pas abuser ; mais ne convient-il pas que quelquefois au moins vous ayez l'air de vous mêler de vos affaires ? Si vous m'aviez perdue, par exemple, que deviendriez-vous aujourd'hui ? Ce n'est pas mon intérêt, c'est le vôtre que je considère en tout ceci, parce que, malgré votre épreuve humiliante, je vous aime toujours. Pour ma conduite, au reste, elle est irréprochable. Je puis hardiment marcher partout la tête haute, et ne crains sous le ciel âme vivante qui puisse se vanter de pouvoir me faire rougir. »

Le chevalier ne pouvait s'empêcher de se rendre à des raisons si plausibles. Il reconnut l'injustice de ses soupçons, il en demanda humblement excuse ; et, plein d'admiration pour une femme si respectable, il lui fut encore plus soumis qu'auparavant. Mais quand on sut l'aventure dans le Bessin, il y eut des gens malins qui en rirent beaucoup.

De la Dame qui attrapa un Prêtre, un Prévôt et un Forestier ou Constant Duhamel

Je ne pardonne pas qu'on se moque des dames ; on doit toute sa vie les honorer et les servir, et ne leur parler jamais que pour leur dire choses courtoises. Qui agit autrement est un villain. Sans elles après tout que deviendrait le monde ? N'est-ce pas pour plaire à sa compagne que chante le rossignol ? Mettez auprès des dames l'homme le plus sauvage, il s'adoucira : confiez-leur le manant le plus brutal, il deviendra doux et prévenant. Ce sont elles qui éveillent la joie dans tous les cœurs, qui font éclore la gaîté dans un repas, qui sèment partout le plaisir. C'est pour elles qu'on se pare de fleurs et qu'on chante l'amour. Pour elles enfin fut inventée la poésie : car qui ferait des vers s'il n'aimait pas ? Femme vaut mieux qu'or et argent, que châteaux et cités.

Malheur à l'homme que le ciel a privé de cette douce consolation. Mais au milieu de ses plus grands chagrins, qu'une femme vienne s'offrir à lui, dans l'instant vous verrez sourire ses lèvres et son cœur s'épanouir. En un mot, je dis que les dames sont l'ouvrage du créateur le plus agréable comme le plus utile, et je soutiens en conséquence qu'on ne saurait assez les honorer.
Je vous dis ceci à propos d'un laboureur, nommé sire Constant Duhamel, et de dame Isabeau son épouse. Écoutez-en le fabliau.

Isabeau, jeune et jolie, avait plu à la fois au curé du bourg, au prévôt et au forestier. Chacun d'eux la sollicita de son côté, offrant, pour obtenir ses bonnes grâces, le premier vingt livres, le second dix, et le troisième une bague. À toutes leurs instances la sage et honnête épouse répondit que son mari la nourrissait par son travail, qu'il la rendait heureuse ; et qu'elle se croirait la dernière des créatures si en retour de tant de biens elle allait le trahir.

Un jour les trois soupirants se rencontrèrent à boire ensemble. Bientôt le vin échauffant leurs cerveaux, ils se mirent à parler de ce qui les occupait le plus, c'est-à-dire de dame Isabeau. L'un dit qu'il jeûnerait volontiers quarante jours, s'il pouvait se *décarêmer* ensuite avec un si friand morceau ; l'autre, qu'il consentirait volontiers à mourir le lendemain pour passer une nuit avec elle. Le curé, plus résolu, les traita d'imbéciles, et prétendit que s'ils voulaient bien s'entendre tous les trois, ils auraient la belle à beaucoup meilleur marché. « Il ne s'agit pour cela, dit-il, que de réduire le villain sur la paille, ou le forcer à déguerpir du pays. Quand elle se verra dans la misère, il faudra bien alors venir prier à son tour et nous offrir humblement ce qu'elle refuse aujourd'hui avec tant de hauteur. »

Ce projet atroce est adopté ; et les trois ribauds conviennent ensemble de ce que fera chacun d'eux. Dès le dimanche suivant, le pasteur monte en chaire ; et voyant Constant devant lui, il le dénonce à ses paroissiens comme un excommunié, qui a épousé sa commère et enfreint les saints canons. En conséquence il ordonne qu'on le chasse honteusement de l'église ; ou sinon le service divin va être suspendu. Le villageois se retire consterné ; il va au presbytère attendre, le curé, qu'il conjure, à mains jointes, d'avoir pitié de lui et d'obtenir son absolution de l'archevêque. Il offre même de payer cette grâce d'avance, et propose huit livres. L'autre accepte la proposition d'autant plus volontiers, qu'il y trouve un moyen de faire payer au manant les complaisances de sa femme.

Constant rentre chez lui tout en larmes ; Isabeau, l'embrassant tendrement, lui demande le sujet de ses pleurs : il le raconte. L'épouse, qui devine sans peine l'origine de cette querelle, le rassure, en protestant qu'elle saura bientôt la terminer. Ils se mettent à table ; mais à peine ont-ils commencé leur repas, qu'on vient chercher Constant de la part du prévôt.

Celui-ci l'accuse d'avoir pendant la nuit volé, avec effraction, du blé dans la grange du seigneur. D'après ce délit prétendu, il le fait mettre aux ceps[29], et lui annonce que le lendemain il l'enverra à la potence. Le malheureux a beau protester qu'il n'a volé de sa vie, et qu'il aimerait mieux mourir que d'avoir un grain de blé à personne, on traite de mensonges ses protestations ; on prétend que des témoins ont déposé avoir

---

29 Espèce d'entrave dans laquelle on enfermait les pieds du criminel pour lui donner ensuite la question.

suivi la trace du blé depuis la grange jusqu'à sa maison. Enfin, quand il voit qu'il ne s'agit pour lui de rien moins que la mort, il prend le parti de demander grâce, et offre vingt livres que le prévôt accepte.

Comme il revenait à la maison, il voit accourir son valet, qui lui annonce que le forestier vient de saisir aux champs ses deux bœufs. Il prétend, dit le valet, que la semaine dernière vous avez coupé dans la forêt plusieurs arbres. Constant alors de jeter bas sa chape et de courir après le forestier ; mais il en est de cette aventure comme des deux autres ; le pauvre diable ne peut ravoir ses bœufs qu'en promettant cent sous.

Il rentre au logis pour déplorer son malheur. L'épouse au contraire ne fait que rire de toutes ces persécutions ; elle promet à Constant de le venger ayant peu de ses trois ennemis, et de lui donner, à leurs dépens, autant de plaisir qu'ils lui ont donné de chagrin.

Le lendemain matin, après avoir fait cacher, son mari, Isabeau appelle Galotrot, sa servante, et lui commande de chauffer de l'eau pour un bain. Pendant que l'eau chauffe, elle raconte à cette fille l'histoire des amours de ses trois galants, ainsi que le dessein qu'elle avait de les punir ; et l'envoie ensuite chez le curé. « Tu lui diras en confidence, ajoute la dame, que Constant a aujourd'hui vingt livres à payer ; que nous ne « possédons pas un sou ; et que s'il veut venir m'apporter cette somme qu'il a été le premier à m'offrir dernièrement, il ne pourra manquer d'être bien reçu. »

Galotrot était une grosse paysanne, d'un extérieur lourd et massif ; mais sous cette épaisse enveloppe, la drôlesse cachait beaucoup d'esprit et de malice. Elle s'acquitte de la commission si adroitement que, dans son transport, le curé l'embrasse et qu'il lui donne vingt sous pour acheter un péliçon. Il va ensuite prendre dans son coffre la somme demandée ; et vêtu d'un manteau écarlate doublé de vair, il court porter son offrande. La dame le reçoit d'un air affable ; on cause quelque temps : enfin elle propose au sire avant de s'acquitter avec lui, de se baigner ensemble. Mais il n'est pas plus tôt dans le bain, qu'elle enlève ses habits et les met sous clef ; après quoi elle envoie la servante chez le prévôt.

« Je ne devrais plus vous aimer depuis que vous m'avez oubliée, dit Galotrot à cet officier, aussi voilà ce que c'est d'être riche, on ne daigne seulement pas saluer ses parents ; mais moi j'ai bon cœur, et je veux faire le bien pour le mal. Votre maîtresse est au logis qui se désespère ; elle a besoin d'argent ; vite, profitez de l'occasion ; et surtout ne dites pas que c'est moi qui vous ai averti. »

Le prévôt fit toutes sortes d'excuses à sa grosse cousine sur la froideur dont elle se plaignait ; il lui dit mille choses agréables, lui donna vingt sous comme le curé ; et après avoir pris de l'argent, vint avec elle frapper à la porte d'Isabeau. « Ciel ! c'est mon mari », s'écria l'épouse. À ce mot le curé saute, tout nu, hors du bain : il craint la colère de ce mari qui doit lui en vouloir, et il ne sait où se sauver. « Passez dans l'autre chambre, lui dit la dame, et cachez-vous dans ce grand tonneau où il y a de la plume ; je vous couvrirai avec le van que voici. Constant ne s'avisera pas de venir là vous chercher. »

Isabeau n'eut pas plus tôt mis en cage son premier amoureux, qu'elle alla ouvrir au second. Elle proposa de même le bain à celui-ci, dont elle enferma de même les habits ; et envoya ensuite Galotrot chez le forestier.

« Madame vous a hier fort mal reçu, dit au garde-bois la servante ; je lui en ai fait beaucoup de reproches, et l'ai forcée de convenir que votre bague lui irait bien à la main. Voyez maintenant, sire, ce que vous avez à faire ; moi j'ai voulu seulement vous prouver ma bonne amitié, et je m'en retourne. »

Le galant, ravi d'une pareille nouvelle, donna dix sous à Galotrot, et courut avec sa bague chez la belle. Pressée par le prévôt d'entrer dans le bain, Isabeau se déshabillait, mais pour gagner du temps, le plus lentement qu'il lui était possible. Au bruit que fait le forestier en frappant, elle s'écrie de nouveau, d'un air effrayé : « C'est mon mari, je suis perdue. » Le prévôt ne sait plus que devenir. Elle l'envoie aussi dans le tonneau. Il s'y lance à pieds joints, et tombe sur le curé qui, pour n'être pas vu s'enfonçait tant qu'il pouvait, sous la plume. Celui-ci fait un cri de douleur. Ils se reconnaissent et se trouvent pris au même piège ; mais il était trop tard, ils ne pouvaient plus en sortir.

Bientôt, le forestier y est conduit, ainsi qu'eux : car pour le coup Constant venait de faire entendre sa voix et de sortir de sa cachette, une hache en main. Isabeau alors, pour consommer entièrement sa vengeance, propose à son mari d'envoyer successivement chercher les femmes des trois prisonniers, et de leur faire, dans le lieu même, subir à tous trois l'affront qu'ils lui destinaient.

Galotrot est encore chargée de ce message. D'abord vient la femme du prêtre. Isabeau par galanterie lui offre le bain : l'autre se déshabille ; mais lorsqu'elle va entrer dans la cuve, Constant paraît et lui fait aisément expier les torts du curé. Le prévôt et le forestier qui, du tonneau où ils sont cachés voient l'aventure, insultent au pasteur. Bientôt arrivent les femmes de ceux-ci ; et le curé à son tour peut se moquer d'eux.

Mais les prisonniers n'en sont pas quittes à ce prix. Constant, s'approchant du tonneau avec sa hache dans une main et une chandelle dans l'autre, demande, d'un ton de colère, qui s'est avisé de fourrer là de la plume ; et il y met le feu. Aussitôt mes gens de se sauver ; il les poursuit avec un bâton, et lâche ses chiens après eux.

De toutes parts on crie haro sur ces corps nus et emplumés, tous les mâtins du bourg se mettent à leurs trousses ; hommes, femmes, enfants, c'est à qui pourra les atteindre et leur asséner son coup. Enfin ils se réfugient dans une maison, où ils sont obligés de se nommer et de demander grâce. Pour Constant, il eut, de cette aventure, des joyaux, de l'argent et du plaisir.

Le Sacristain de Cluny

C'est l'usage en Normandie, lorsqu'on est en voyage et qu'on loge chez quelque ami, de chanter à son hôte une chanson, ou de lui réciter un conte. Jean le chapelain ne dérogera pas à cette coutume. Il va vous dire une histoire qui arriva en Bourgogne au sacristain de Cluny, cette abbaye si riche que tout le pays, dans l'espace de sept lieues à la ronde, lui appartient, et même le bourg entier de Challemagne.

Le commencement de ce fabliau étant, à peu de chose près, le même que celui des deux qu'on vient de lire, pour éviter les répétitions, je n'en donnerai que l'analyse, quoiqu'il soit conté d'une manière vive et fort rapide. J'en ai trouvé quatre versions différentes ; cependant ces différences roulent plus sur les détails et la narration que sur le fond du conte. Dans toutes quatre, les principales aventures sont les mêmes.

Hue[30], bourgeois de Cluny, était à la fois changeur et marchand ; un jour qu'il revenait d'une foire avec diverses marchandises, et entre autres choses avec des draps d'Amiens, il fut attaqué dans une forêt par des voleurs qui lui enlevèrent ses charrettes. Obligé de vendre, pour satisfaire ses créanciers, le peu de bien qu'il possédait, il se trouva ainsi entièrement ruiné. Alors sa femme Idoine lui proposa de se retirer en France, où elle avait des parents ; et ils fixèrent leur départ au troisième jour. Mais le sacristain du monastère, qui depuis longtemps aimait Idoine, voulut profiter de la circonstance pour obtenir de la belle certaines complaisances que jusque-là il avait toujours sollicitées en vain. Il offrit cent livres, somme qu'il pouvait promettre d'autant plus aisément qu'il était en même temps trésorier de l'abbaye. L'épouse, tentée par une offre aussi considérable qui en un moment eût réparé les malheurs du ménage, feignit de céder ; et, de concert avec son mari, donna au moine pour le soir, un prétendu rendez-vous.

Celui-ci s'échappe secrètement par la porte de l'église dont il avait les clefs. Il livre à la dame la somme convenue, et s'apprête à remplir l'autre

---
30 ou Hugues.

moitié du marché, quand tout-à-coup se montre l'époux, armé d'un bâton. Hue veut en frapper le sacristain, pour lui faire peur et le forcer de s'enfuir ; malheureusement il l'attrape sur la tête et le tue roide. Alors mes deux gens de se désespérer ; quel sera leur sort quand le jour paraîtra et qu'on découvrira chez eux ce cadavre ! Ils étaient tellement troublés que, si les portes de la ville eussent été ouvertes, ils se fussent sauvés à l'heure même.

Cependant nécessité ranimant leur courage, Idoine proposa de reporter le corps dans le couvent, en rentrant par l'église avec les clefs du sacristain. Hue le prit donc sur ses épaules ; et accompagné de sa femme qui suivit pour ouvrir, il alla le poser debout contre la porte des latrines.

Dans la nuit, le prieur du monastère eut besoin de se relever et d'aller à l'endroit où était placé le mort : mais il poussa la porte si brusquement qu'il le renversa par terre avec grand bruit. Il crut l'avoir tué ; et ce malheur était d'autant plus fait pour l'effrayer qu'ayant eu querelle, la veille, avec le sacristain, il avait lieu de craindre qu'on l'accusât de meurtre auprès de l'abbé. Ce qu'il imagina de mieux dans une circonstance aussi fâcheuse, fut de porter le corps hors du monastère et de le mettre à la porte de quelque jolie bourgeoise, afin de faire jeter les soupçons sur la vengeance du mari. La maison d'Idoine étant la plus proche, il va là le poser, frappe un grand coup à la porte, et se sauve.

C'en était fait des deux époux si dans ce moment ils eussent été endormis ; ce cadavre qu'on eût trouvé le lendemain les aurait infailliblement fait arrêter, et coupables comme ils l'étaient, ils se fussent bientôt trahis eux-mêmes. Au bruit qu'ils entendirent, Idoine fit lever son mari. Mais quand ils revirent le moine, ils se crurent perdus, et s'imaginèrent que c'était le diable qui l'avait rapporté chez eux afin de les faire périr. Pour détourner ce projet du malin esprit, la dame donna à son mari un bref[31], dans lequel elle avait écrit le nom de Dieu. Armé de ce charme sacré, Hue reprit courage, et il enleva une seconde fois le sacristain, dans le dessein d'aller le déposer quelque part.

En passant devant la maison de Thibaut, métayer du couvent, il aperçut un

---

31   Billet.

tas de fumier ; l'idée lui vint d'y fourrer son moine, d'autant mieux que le sacristain allant souvent chez Thibaut, on pourrait soupçonner celui-ci du meurtre. Déjà il commençait à faire un trou dans la paille, lorsqu'il sentit un sac qui paraissait plein. « Oh ! oh ! se dit-il à lui-même, est-ce que le drôle aurait aussi assommé un moine ? Eh bien ! ils se tiendront compagnie, et il aura l'honneur des deux. » En même temps Hue dénoua le sac, et fut fort étonné d'y trouver un cochon. Thibaut en effet, comme on approchait de Noël, en avait tué un ; mais deux filous étaient venus sur le soir le lui enlever ; et, en attendant que la nuit fut assez avancée pour l'emporter sans risque, ils l'avaient caché sous le fumier et étaient allés boire à la taverne. Hue, sans s'embarrasser de qui venait le cochon, le tire du sac ; il y met le moine et s'en revient avec sa proie.

Les deux filous avaient trouvé à la taverne d'autres honnêtes gens de leur trempe, avec lesquels ils buvaient. Quelqu'un de la troupe s'étant avisé de dire que, pour trouver le vin meilleur, il voudrait avoir quelques grillades de porc frais, un des voleurs s'offrit à en régaler la compagnie ; et il alla aussitôt chercher son cochon. À l'aspect du sac, on se récrie sur la beauté de l'animal, on demande du bois, du feu ; l'un va chercher un couperet, l'autre un gril ; celui-ci apporte de la paille, celui-là court à la haie arracher quelques échalas. Pendant ce temps, la servante dénoue le sac, et le soulève par l'autre bout, pour faire tomber le cochon. Soudain le moine paraît : elle fait un cri horrible, les buveurs restent stupéfaits, le tavernier lui-même accourt et veut savoir quel est l'auteur du meurtre. « Je n'ai tué personne, répond le voleur : j'avais seulement escamoté un cochon ; et le diable, pour me faire niche, en a fait un moine. Au reste il appartient à Thibaut, je veux que le villain n'y perde rien. » Le fripon alors retourne avec son mort au logis du métayer, et il l'y accroche par le cou à la même corde qui avait servi à suspendre le cochon.

Tout ceci ne put se faire sans quelque bruit. Thibaut, réveillé, se leva pour aller tâter si son cochon était encore à la même place ; mais la corde, trop faible pour son nouveau poids, se casse tout-à-coup, et le moine tombe sur le métayer qu'il renverse. Celui-ci crie au secours, il appelle sa femme et ses valets : on vient avec de la lumière, et on le trouve pris sous la robe du sacristain.

Thibaut ne fut pas longtemps sans reconnaître le mort. Il craignit néanmoins que si on le trouvait chez lui on ne l'accusât de l'avoir tué, et il chercha le moyen de s'en débarrasser, car déjà il faisait jour. Dans son écurie était un jeune poulain qui n'avait point encore été dressé, et par conséquent très farouche. Il se le fait amener ; il y place le moine, qu'il attache à la selle pour l'empêcher de tomber ; et, après avoir mis dans la main de celui-ci une vieille lance et lui avoir suspendu au cou un écu, comme si c'eût été un chevalier, il chasse avec un grand coup de fouet le cheval dans la ville. En même temps lui et ses valets courent après l'animal, en criant de toutes leurs forces : Arrêtez, arrêtez le moine.

Ces cris, joints à ceux de la populace, effarouchent encore davantage le poulain. Il court à perte d'haleine, et se lance dans le couvent dont il trouve la porte ouverte. Le prieur qui se rencontre là et qui n'a pas le temps de se ranger, est frappé de la lance et tué roide. Les moines se sauvent : partout on crie : gare, gare, le sacristain est devenu fou. Vingt fois de suite le cheval effrayé parcourt les jardins et le cloître. Il pénètre dans la cuisine où il fracasse tout ; il brise contre les murs la lance et l'écu ; enfin, à force de courir, il arrive à un grand trou qu'on creusait pour faire un puits, et s'y précipite avec son cavalier. Ce fut à cette chute qu'on attribua la mort du sacristain ; personne ne sut son aventure. Quant à Hue, il y gagna un cochon et cent livres. Thibaut seul y perdait ; mais il se fit dédommager amplement par les moines de la perte de son poulain, et ce furent eux qui payèrent tout.

La longue nuit
ou Du Prêtre qu'on porte

MARION avait épousé un bon laboureur nommé sire Borget, et Marion était assez jolie. Aussi le curé, qui la trouvait telle, lui faisait-il de fréquentes visites. Le villain, qu'on alarma enfin sur tant de politesse, voulut savoir quel en était le motif, et pour cela il feignit un voyage. Les adieux ne se firent pas sans tendres soupirs de la part de Marion. Elle accabla le prud'homme de baisers ; elle pleura même. Mais à peine eut-il le dos tourné, que la traîtresse, courant chez le pasteur, l'avertit qu'elle se trouvait libre, et lui dit que, s'il voulait venir le soir, ils pourraient se voir en sûreté. Borget, qui s'était douté de l'aventure, se tenait tout près de là aux aguets.
Pendant que sa femme était dehors, il rentra chez lui sans être aperçu, et il s'y cacha pour voir ce que tout ceci allait devenir.

Dès qu'il fut nuit, le prêtre se rendit au logis de la dame, avec du vin et quelques provisions sous son manteau. Un bain l'attendait, il y entra et pendant ce temps Marion apprêta le souper. Mais tandis qu'elle allait et venait, Borget tout-à-coup quitte sa cachette ; il se jette sur le curé qu'il étrangle ; et sortant ensuite, il va frapper à la porte de la rue, comme s'il ne faisait que d'arriver. L'épouse, qui le reconnaît à sa manière de frapper, court alors couvrir d'un drap la cuve, en recommandant au prêtre de ne pas souffler, et après cela elle vient ouvrir. « Oh ! doux ami, c'est donc vous, s'écrie-t-elle avec une joie affectée. Oui, j'en étais bien sûre que vous ne voudriez pas me laisser dans le chagrin, et que vous reviendriez coucher ici : Voyez si j'y ai compté : voilà votre souper tout prêt. »

Borget effectivement vit une tarte sur le feu et un chapon à la broche. Il admira beaucoup la prévoyance et l'attention de sa moitié, et se mit à table où il mangea de très bon appétit le souper du mort. Marion, pour se débarrasser de lui, essaya de l'enivrer en le provoquant à boire ; mais le drôle se tint sur ses gardes : il voulait voir jusqu'au bout le dénouement de l'aventure. Seulement quand il eut bien soupé, il dit qu'il avait envie de dormir, et se couchant aussitôt, il feignit de ronfler.

La dame alors courut à son prisonnier. « Beau sire, ne m'en voudrez-vous pas, lui dit-elle, de vous avoir laissé là si longtemps ? J'ai fait bien du mauvais sang, je vous assure, et j'aurais de grand cœur envoyé le villain à tous les diables. Mais soyez tranquille, il dort à présent, et nous pouvons sans rien craindre nous dédommager d'avoir attendu. Venez, cher sire. Quoi ! est-ce que vous êtes fâché ? Vous ne me dites rien ! » Hélas ! le cher sire n'avait garde de parler. Elle eut beau le tirer par le bras, il ne répondit pas davantage. Enfin elle le regarda de près, et vit qu'il était mort.

Alors grand désespoir, comme vous imaginez. Mais que faire ? que devenir ? Elle appela Gauteron, sa servante, pour la consulter. Gauteron depuis longtemps était dans la confidence de ces amours : souvent même elle les avait favorisées avec complaisance. Elle répondit que, puisqu'il n'y avait plus de remède, c'était folie de perdre son temps en lamentations, que pour elle le seul parti raisonnable qu'elle vît à prendre en ce moment était de cacher le corps quelque part, dans la grange, par exemple, jusqu'au lendemain ; qu'alors on pourrait songer aux moyens de s'en débarrasser tout à fait, et profiter pour cela du temps où Borget serait aux champs. L'avis fut adopté. En conséquence les deux femelles prirent le mort, l'une par les pieds, l'autre par la tête, et elles allèrent le cacher dans la grange, sous des gerbes d'avoine. Cela fait, l'épouse rassurée, au moins pour l'instant, vint se coucher.

Borget n'avait pas perdu un mot de toute cette conversation. Quand sa femme entra dans le lit, il feignit de se réveiller et lui dit avec une sorte d'inquiétude : « Douce amie, tu sais que nous ne devons pas mal au curé, et entre nous j'ai peur qu'il ne nous cherche noise. Je te dirai confidemment que c'est même pour cela que j'ai remis mon voyage à la semaine prochaine, et que je suis revenu hier au soir. Ainsi, pas plus tard que demain, dès qu'il sera jour, je ferai vider notre grange et battre toute l'avoine, afin d'avoir de l'argent ; car, vois-tu, tant que je me sentirai cette épine-là dans le pied, il ne me sera pas possible de dormir tranquille. – De l'avoine, sire, répondit la femme alarmée ! Eh ! mais, il y en a dans le grenier quatre muids de battue. Vendez celle-là si vous voulez de l'argent, elle est toute prête, et ce sera bien plus tôt fait que de donner l'autre à battre. – Non, reprit le mari, celle du grenier aura bientôt son tour, et je sais où la placer ; mais il faut que la nouvelle passe devant. Au reste, sœur, comme tu n'es pas nécessaire à la grange, tu pourras demain, si tu veux, rester au lit. Il suffira de moi pour avoir l'œil sur les batteurs. » À ces mots Borget se tourna sur le côté, et fit semblant de se rendormir.

Marion, malgré l'inquiétude horrible que lui donnait le projet de son mari, n'osa cependant pas le contredire davantage ; mais dès qu'elle l'entendit ronfler, elle se leva doucement, et alla sur cet incident nouveau consulter Gauteron, qui n'était pas encore couchée. « Vous voilà embarrassée pour bien peu de chose, reprit la fille. Eh bien ! puisqu'on va battre dans la grange, il n'y a qu'à enlever le curé et le porter au grenier, nous le cacherons dans l'avoine qui est battue. »
Ce conseil fut exécuté à l'instant ; après quoi l'épouse vint sans bruit se recoucher.

Mais le fin manant avait tout entendu comme la première fois. À peine sa femme fut-elle à ses côtés, que, feignant encore de se réveiller, il entra de nouveau en conversation avec elle sur ses prétendues inquiétudes. « Sœur, lui dit-il, tu m'as pourtant donné tout à l'heure un bon conseil. Je t'ai contrariée d'abord, parce qu'après tout il faut bien un peu montrer à sa femme qu'on est le maître ; mais tu avais raison, et je suis forcé d'en convenir. Oui, j'aurai plus tôt de l'argent en vendant l'avoine qui est battue. Demain donc je la fais porter au marché. Ma foi, vive une femme d'esprit pour bien faire aller un ménage, et que béni soit le prêtre qui m'a marié avec la mienne. »

Pour le coup Marion perdit patience. Elle pleura, s'emporta, accabla son mari d'injures, et sortit du lit en criant qu'elle ne pouvait plus vivre davantage avec un brutal et un ivrogne qui la rendait malheureuse. Après tout ce vacarme, il fallut bien pourtant aller une troisième fois consulter Gauteron.
« Que le diable emporte le capricieux, répond dit la servante : il a juré, je crois, de nous empêcher de dormir. Allons, je vois bien que nous ne serons

en paix que quand nous aurons mis le prêtre dehors. Eh bien ! dame, il n'y a qu'à le rhabiller et le mettre à la porte du voisin Chalant. C'est lui qui enterre les morts, il fera du nôtre ce qu'il lui plaira. » Elles allèrent donc porter leur corps, et, pour faire descendre Chalant, frappèrent avant de se retirer un grand coup à sa porte.

Celui-ci, réveillé par le bruit, descend avec une lumière. Mais à peine a-t-il ouvert, que le cadavre tombe sur lui et roule à ses pieds. Il regarde, et reconnaît son curé. « Oh ! pour le coup, sire pasteur, vous en prenez trop aussi, et je vous l'ai déjà dit bien des fois. Il est par-ci par-là permis à un galant homme de boire un coup, mais parbleu vous abusez de la permission. Voyez un peu le bel état ! il ne peut seulement pas se soutenir. Allons, relevez-vous donc, et retournez vous coucher. »

En parlant ainsi, Chalant prit le curé par le bras, mais il s'aperçut qu'il était mort. Il crut que le sire s'était tué en tombant, et il appela sa femme pour savoir ce qu'il ferait du cadavre. Dame Chalant avait plus de raisons que lui encore d'en être inquiète. Souvent, dans l'absence du villain, le curé venait la consoler des ennuis de son veuvage ; et ce corps, si on le trouvait chez elle, ne pouvait manquer d'occasionner des informations qui n'eussent peut-être point tourné à son honneur. « Tu n'as pas le temps d'aller l'enterrer au cimetière, dit-elle à son mari ; mais tu as fait hier un fossé dans ton champ, va l'y mettre. La terre est remuée, on ne s'apercevra de rien. »

Chalant partit avec le corps ; dans son chemin il entendit quelqu'un ronfler, et trouva sur l'herbe un homme étendu. C'était un paysan du village, qui la veille, étant venu là faire paître sa jument, s'y était endormi ; néanmoins, pour qu'on ne pût pas la lui enlever sans qu'il s'en aperçût, le villain avait eu auparavant la précaution de se lier au poignet le bridon de l'animal. Chalant que fatiguait le poids du prêtre, et qui ne voulut pas le porter plus loin, s'en débarrassa en le mettant à califourchon sur la jument. Dès que la bête se sentit chargée, elle partit ; mais elle ne put le faire sans tirer le manant qu'elle réveilla. Celui-ci, voyant quelqu'un sur sa monture, s'imagine que c'est un voleur qui veut la lui dérober ; il se relève en fureur, et lui assène sur le crâne un tel coup de bâton qu'il le jette à terre. Il continue de le battre, et enfin, ne le voyant point remuer, il s'avise de lui lever son chaperon pour voir s'il le reconnaîtra. Grande désolation lorsqu'il trouve que c'est son curé.

EXTRAIT DE CE QUI SUIT.

Alors il prend le parti de le replacer sur le cheval, et d'aller le porter au cimetière voisin, sauf à qui il écherrait d'y pourvoir ensuite. Trois voleurs venaient d'y entrer à l'instant, chargés d'un sac dans lequel était un cochon qu'ils avaient volé. Au bruit du cheval, ils se croient poursuivis et se sauvent. Le paysan qui voit le sac que dans leur frayeur ils avaient abandonné, l'ouvre, en tire le cochon, et y met le prêtre. Bientôt les larrons reviennent au cimetière, et joyeux d'y retrouver leur sac, ils l'emportent au cabaret. Là, ils découvrent qu'on les a dupés, et vont porter leur mort chez le bourgeois auquel ils avaient volé le cochon. Ce jour-là l'évêque du diocèse était venu coucher au monastère, visite dispendieuse qui ne plaisait pas beaucoup aux moines. Le prélat s'étant mis au lit après un long et copieux repas, son chambellan (valet) s'empare de deux barils de bon vin, et, avec ses camarades, court au cabaret où le mort était pendu à la place du cochon. Ils font grand tapage, font relever l'hôte et ordonnent des grillades de viande pour accompagner leur vin. Le tavernier va pour couper un morceau de sa bête, et on peut juger de son épouvante quand, au lieu d'un cochon, il reconnaît son curé.

Après quelques malédictions, il le porte à l'abbaye et le met dans la chambre du prieur. Rentrant pour se coucher, celui-ci est d'abord effrayé de voir un homme chez lui ; mais le courage lui revient, et, reconnaissant le curé, il l'injurie et lui reproche sa vie débauchée. Impatienté de n'avoir aucune réponse, il le prend par le bras et le sent froid et roide. Grand effroi et crainte d'être accusé d'homicide ; enfin, il imagine de faire mettre ce meurtre sur le compte du prélat.

Pour cela, il se munit d'une lourde massue et va dans la chambre du voyageur. Il s'assoit auprès de son lit et l'éveille. « Sire, dit-il, nous sommes obligés d'avoir ici, à cause des voleurs, beaucoup de chiens ; la nuit nous les lâchons ; mais souvent il leur arrive d'entrer dans les chambres, et quelquefois même de venir se coucher sur les lits. Si par hasard il en venait chez vous, je vous apporte, sire, de quoi les chasser et vous défendre ; et s'il vous arrive d'en tuer quelqu'un, tant pis pour le mort. » Alors il remet la massue à l'évêque et se retire.

Quelques moments après, quand le prélat est rendormi, le moine revient avec son mort qu'il pose en travers sur le lit. L'évêque que le poids réveille, et qui s'imagine que c'est un des chiens, le frappe avec la massue ; mais comme il le sent toujours, il allonge la main, et à son grand étonnement trouve un corps d'homme. Il appelle ses gens : alors le prieur qui était là tout près crie au secours comme si l'on assassinait quelqu'un. Tout le monde accourt, on trouve le curé mort, et l'évêque avec sa massue en main. Chacun resta convaincu que le prélat était le véritable auteur du meurtre ; mais contre l'autorité quelle ressource ? On chanta au pasteur une belle messe, on l'inhuma avec pompe, et l'affaire en resta là.

Ici-bas, ajoute l'auteur, beaucoup de gens font le mal ; mais le sot est celui qui, quand il l'a fait, s'en laisse convaincre.

De la Bourgeoise d'Orléans
ou De la Dame qui fit battre son mari

Quatre clercs, écoliers, étaient venus étudier aux écoles d'Orléans ; l'un d'eux, s'étant amouraché d'une marchande de la ville, chercha le moyen de se faufiler chez la dame. Bientôt il y parvint, et il réussit même à lui plaire ; mais l'assiduité de ses visites donna des soupçons au mari, qui, pour savoir ce qu'il avait à craindre, fit espionner les deux amants par une petite nièce qu'il élevait chez lui.
La jeune personne était d'autant plus propre à ce rôle, qu'ils ne se défiaient pas d'elle. Un jour que le clerc pressait la dame de lui accorder un rendez-vous : « Je ne le puis dans ce moment, répondit la bourgeoise ; mais prenez patience, bientôt mon mari doit aller en voyage, nous aurons alors tout le temps de nous voir, et nous le pourrons d'autant plus sûrement qu'il me sera aisé de vous faire entrer, sans que vous soyez aperçu, par la porte du verger. »

Malheureusement ce discours fut entendu de la petite espionne. Elle alla aussitôt le rapporter à son oncle ; et dès le jour même celui-ci, feignant, pour tromper sa moitié, de se rendre à je ne sais quelle foire, lui annonça qu'il comptait partir le lendemain.
Il partit en effet ; mais sur le soir il rentra dans la ville à la faveur des ténèbres, et vint se poster, comme en sentinelle, à la porte du verger, ne doutant pas que le clerc n'eût reçu l'avis de s'y rendre. Sa conjecture était fondée ; à l'heure convenue, la dame alla ouvrir ; elle trouva l'époux ; et dans la persuasion que c'était son ami, elle l'embrassa, et le prit par la main pour le conduire à sa chambre.
L'autre, qui craignait d'être reconnu, suivit en silence et caché sous son chaperon.

Mais vous tromperiez vingt Argus plutôt qu'une femme. Tant de précautions inspirèrent à la nôtre de la défiance. Elle se baissa pour regarder le sire, et reconnut son époux. Alors, avec une présence d'esprit admirable, elle lui dit, comme si elle eût parlé à son ami : « Que je vous sais gré de vous être rendu à mes empressements, cher sire ; néanmoins je ne puis jouir encore du plaisir de vous voir jusqu'à ce que tout le monde ici soit retiré ; mais suivez-moi, je vais, en attendant, vous cacher quelque part ; et dès que je serai libre, je viendrai aussitôt vous retrouver. »

L'âne pense une chose, mais souvent l'ânier qui le conduit en pense une autre. C'est ce qu'eut occasion d'éprouver notre jaloux ; il comptait attraper sa femme au piège, et ce fut lui qui y fut pris. L'adroite femelle le conduisit dans une salle basse où elle l'enferma ; puis retournant à la porte du verger, elle vint prendre le clerc qui l'attendait, et qui, à vous dire le vrai, fut un peu mieux accueilli que l'époux.

Après quelques caresses, auxquelles il était bien difficile que se refusassent deux amants affamés de se voir, la dame descendit un instant pour parler aux gens de la maison. « Vous avez souvent vu, leur dit-elle, venir ici un certain clerc ; voilà je ne sais combien de temps que ce drôle m'importune de son amour, sans que jusqu'à présent il m'ait été possible, quelque moyen que j'aie employé, de réussir à m'en débarrasser. Enfin, excédée de ses poursuites, j'ai feint d'y céder afin de le punir, et lui ai donné, pour ce moment-ci où mon mari est absent, un prétendu rendez-vous. Il est actuellement renfermé sous clef dans la salle ; je vous le livre, allez le corriger, et qu'il perde à jamais l'envie de venir déshonorer d'honnêtes femmes. Si vous faites bien les choses, je vous promets, moi, au retour, du vin pour vous régaler. » À ces paroles, tout ce qui était dans la maison, valet, servante, chambrière, la nièce même, et deux neveux dû marchand, se lèvent aussitôt ; ils s'arment de fouets et de bâtons : ils courent dans la salle, et saisissant le jaloux par son chaperon pour l'empêcher de crier, frappent sur lui à grands coups.

Le malheureux est ainsi chassé par eux hors de sa maison et jeté sur un fumier. Pour récompense quand ils rentrèrent, la dame les régala de vin blanc et d'auvernat[32]. Elle, de son côté, soupa tranquillement avec son ami.

Quant à l'époux, cette correction l'avait réduit dans un tel état, qu'il fallut

---

32 Sorte de gros vin rouge, dont le plant est encore fort commun dans l'Orléanais.

le lendemain le reporter chez lui. Sa femme, accourant avec un air d'effroi, lui demanda ce qui lui était arrivé. Il répondit qu'il avait été attaqué sur la route par des voleurs et laissé presque pour mort. Elle lui fit préparer un bain d'herbes. Il guérit ; mais au milieu de ses douleurs, il s'applaudissait d'avoir pu au moins, quoique à ses dépens, se convaincre de la vertu de sa femme ; et il conserva pour elle, toute sa vie autant d'estime que d'amour.

Du Curé qui aimait la Femme d'un Villain

Un villain, du pays Chartrain, avait une femme jolie. Un curé du voisinage, qui l'avait trouvée à son gré, s'en était fait aimer ; et toutes les fois que l'époux, pour quelque affaire, était obligé de découcher, il ne manquait pas de venir passer la nuit avec elle. Le manant s'en étant aperçu résolut de s'en venger. Dans ce dessein il feignit de partir, afin de donner à sa femme le temps de faire avertir le prêtre, et le soir il alla sur le chemin de celui-ci creuser une fosse.

En effet le pasteur étant accouru avec son empressement ordinaire, il tomba dans le piège. L'épouse, après l'avoir attendu quelque temps, s'inquiéta enfin, et, appelant une servante qui était dans la confidence de ses amours, elle l'envoya au-devant de lui. La servante, arrivée à la fosse, y tomba aussi. Enfin un loup, qui avait déjà mangé quelques moutons au villain, s'y laissa choir comme eux. Au point du jour notre époux allant visiter son piège y trouva ses trois ennemis, et il les traita tous trois comme ils le méritaient.

Le loup fut tué, la servante chassée à grands coups de bâton, et le prêtre mis dans un état à ne plus alarmer désormais de maris : un seul événement vengea complètement le villain.

De la Femme qui fit trois fois le tour des murs de l'église

Mari qui tente d'attraper sa femme au piège, je lui conseille auparavant d'essayer d'attraper le diable. Battez-la tout le jour, meurtrissez-la de coups, le lendemain il n'y paraîtra seulement pas, elle sera prête à recommencer. C'est réellement un spectacle curieux à voir que femme possédant un mari bonhomme, et croyant avoir intérêt de lui persuader quelque chose. Regardez-la faire : elle le tournera si bien, elle lui en dira tant, qu'elle finira enfin par le convaincre que le lendemain il verra les nuées flamber et le ciel tomber en cendres.

Je vous dis ceci à propos d'une demoiselle qui était la femme d'un écuyer de Beauce ou de Berry, je ne me souviens plus trop lequel. Ce que je me rappelle, c'est qu'elle était l'amie d'un curé, et qu'elle l'aimait au point d'entreprendre de grand cœur, pour le lui prouver, les choses les plus difficiles, s'il les avait exigées.

Effectivement, un jour qu'elle était venue à l'église, le prêtre, après l'office, l'ayant priée de se trouver le soir pour une affaire, disait-il, importante, dans un bosquet qu'il lui nomma, elle le lui promit sans hésiter. La chose au reste était d'autant plus facile, que le mari dans ce moment ne se trouvait point à la maison. Quant à l'affaire qui devait s'y traiter, je ne puis vous en rien dire, parce qu'on n'a pu me l'apprendre. Je vous dirai seulement que les maisons, bâties toutes deux au milieu d'une enceinte d'épines, comme le sont les maisons du Gâtinois, étaient éloignées l'une de l'autre d'un bon quart de lieue, qu'à mi-chemin se trouvait le bocage, et qu'il appartenait au servant de Saint-Arnoud.

Le soir, dès que le soleil fut couché, et que le curé crut pouvoir s'échapper sans être vu, il se rendit secrètement au bosquet et s'y assit en attendant sa belle. Celle-ci, de son côté, se préparait à aller le joindre, quand tout-à-coup sire Arnoud rentra et dérangea le rendez-vous. Une autre à la place de la demoiselle se fût déconcertée sans doute ; mais notre héroïne ne crut pas pour si peu devoir manquer à sa parole, et en dépit du contre-temps elle travailla tout aussitôt à se mettre en état de la tenir.

Le mari était harassé et mouillé. Sous prétexte de ne le point laisser refroidir, sans perdre un moment elle lui fit à souper, et vous croyez bien qu'elle ne s'amusa pas à lui apprêter quatre ou cinq plats. « Beau sire, répétait-elle à chaque instant, vous êtes fatigué, je vous conseille de manger peu : quand on a beaucoup marché, c'est du repos qu'il faut. Venez vous coucher, croyez-moi, et n'allez pas vous échauffer encore à veiller ». Elle avait tant d'envie de se débarrasser de lui, qu'elle lui arrachait presque les morceaux de la bouche ; enfin elle le prêcha tant que le bonhomme, flatté de ces attentions, sortit de table quoique mourant de faim, et se laissa conduire au lit.

Il comptait que sa femme allait se coucher aussi ; mais lorsqu'il vit qu'elle ne se déshabillait pas, et qu'il lui en eut demandé la raison : « Sire, répondit-elle, il est encore de bien bonne heure pour moi. Vous savez que l'ouvrier me presse pour la toile que je vous fais faire ; je n'ai « plus de fil, et l'on ne trouve pas à en acheter d'aussi beau que le mien. Dormez toujours, je m'en vais encore travailler quelque temps. – Au diable soit la filasse, répartit le mari mécontent : elle a toujours quelque chose à faire quand je me couche, et puis le lendemain, pour se lever, c'est la misère ». Cependant, après avoir un peu bougonné, il fit son signe de croix et s'endormit. La demoiselle y comme vous l'imaginez, ne perdit pas son temps à le garder : elle courut bien vite au bois où l'attendait son ami, et où fut traitée si amplement l'affaire dont je vous ai parlé, que le temps s'écoula sans qu'ils s'en
aperçussent.

Vers minuit, sire Arnoud s'éveilla, et, surpris de ne point sentir sa femme auprès de lui, il appela la chambrière pour savoir où elle était. « Elle m'a dit en sortant, répondit la servante, que pour ne pas s'ennuyer elle allait filer chez sa commère ». Il ne faut pas demander si l'écuyer fit la grimace, quand il apprit que sa moitié était dehors à une pareille heure. Il prit à la hâte son surcot et courut chez la commère, qui dormait fort tranquillement, et qui ne sut ce qu'on voulait lui dire. Trop convaincu alors de ce qu'il avait à craindre, l'écuyer retourna chez lui en fureur ; et d'après quelques soupçons qui lui survinrent, il voulut en revenant prendre par le bosquet ; mais sa femme heureusement l'aperçut, et elle se tapit si bien qu'il passa sans rien voir. Néanmoins, comme il était temps de rentrer, elle se leva quand il fut un peu éloigné, et prit congé de son ami. « Mon Dieu ! je suis désolé, disait le prêtre, vous allez être assommée, il vous tuera. – Songez seulement à n'être point reconnu, lui répondit-elle en riant ; le reste est mon affaire, et vous pouvez dormir en paix. »

Elle fut reçue en rentrant avec un torrent d'injures. « Coquine !

malheureuse ! d'où viens-tu ? d'avec notre curé, je gage ? (Hélas ! il disait vrai sans le savoir.) Je ne m'étonne pas maintenant si tu étais si pressée de m'envoyer coucher ». Elle écouta ses reproches avec un sang-froid étonnant, ne répondit pas un mot, et lui laissa jeter son premier feu, dans l'espérance sans doute que la querelle finirait avec les invectives. Mais quand elle vit pourtant que, prenant son silence pour un aveu, il lui saisissait déjà les cheveux pour les lui couper : « Arrêtez, dit-elle, et jugez-moi. Vous savez, sire, l'envie extrême que j'avais de vous donner un héritier. Je crois maintenant pouvoir en être sûre, et mes vœux en partie sont comblés ; mais j'ignore encore le sexe de l'enfant que je porte, et voilà ce que je serais curieuse de savoir s'il était possible. J'ai donc questionné tout le monde, j'ai interrogé mes amies, elles m'ont répondu… mais vous allez vous moquer de moi ». Et alors affectant une espèce de honte, elle parut rougir. Ce mystère, cet air d'embarras, ce commencement d'aveu singulier excitèrent la curiosité de l'époux. Il ordonna à sa femme d'achever.

Elle se fit presser beaucoup, lui fit bien promettre qu'il ne se moquerait pas d'elle, et enfin, comme il commençait à se fâcher, elle ajouta : « Eh bien ! puisque vous voulez le savoir, on m'a enseigné un secret qu'on dit sûr, et le voici. Il faut aller, pendant trois nuits consécutives, à la porte de l'église, puis à chaque fois faire trois tours en dehors sans parler ; dire ensuite trois Pater en l'honneur de Dieu et des apôtres, enfin creuser avec le talon un trou en terre. Le troisième jour on revient examiner la fossette : si elle est ouverte, c'est un garçon qu'on doit avoir, mais si on la trouve fermée, c'est une fille. J'ai donc entrepris avant-hier ma dévotion, je viens de finir mon dernier tour, et je saurai demain à quoi m'en tenir ; ou plutôt, comme le jour est déjà commencé, je puis le savoir dès l'instant même, si vous voulez. »

À ces mots, elle pria son mari de retourner à l'église avec elle. Il eut beau alléguer des excuses et prétendre qu'il serait assez tôt d'y aller pour la messe, elle le pressa tant, elle montra un besoin si extravagant de contenter son envie, que le bon écuyer, par égard pour l'état respectable où elle disait être, consentit à l'accompagner. Quoique déjà le jour fût assez grand pour se conduire, elle voulut encore qu'il prît une lanterne, afin de mieux voir. Arrivée à la porte de l'église, elle lui montre à quelques pas de là l'endroit prétendu où elle dit avoir frappé du talon, et le prie d'aller voir ce qu'elle doit attendre. Il s'approche, regarde, ouvre sa lanterne, et crie qu'il ne voit point de trou. À cette nouvelle, la demoiselle accourt transportée : elle se jette à son cou, pleure de joie, l'embrasse mille fois, se met à genoux pour remercier Dieu de la grâce qu'elle en a obtenue, et fait tant de folies que le bon Arnoud, ravi à son tour, l'embrasse aussi et revient chez lui au comble du bonheur.

Que veut vous apprendre Rutebeuf par ce fabliau ? Rien, messieurs, sinon que femme qui est mariée à un sot a tort si avec cela elle désire encore quelque chose.

La Robe d'écarlate
ou Le Chevalier à la Robe vermeille

Un chevalier du comté de Dammartin, sage et sans reproche, avait fait sa mie d'une femme aimable et jolie, mariée à un riche vavasseur[33], dont le château n'était distant du sien que de deux lieues. Jaloux de plaire à la dame, il ne laissait échapper aucune occasion d'acquérir gloire et honneur : aussi, dans toute la contrée, le regardait-on généralement comme un preux chevalier.
Le vavasseur, au contraire, aimait à juger, et ne brillait que quand il fallait parler dans un tribunal ou discuter une affaire.

Un certain jour de juillet, celui-ci fut obligé de partir pour assister aux plaids de Senlis. La dame aussitôt envoya secrètement vers son ami, t lui fit dire de se rendre auprès d'elle, dès que la nuit le permettrait. Le chevalier, qui n'ignorait pas le respect qu'amour exige en pareil cas, prit ses éperons d'or, sa belle robe d'écarlate fourrée d'hermine ; et, vêtu comme un jeune bachelier, l'effroi des amants, il partit sur son grand palefroi, emmenant avec lui un épervier et deux chiens pour s'amuser en route, si par hasard il trouvait à faire lever quelque alouette. Tout le monde était déjà couché au château, quand il y arriva. Il prit donc le parti d'attacher son cheval, fit percher son oiseau, et sans appeler personne, se rendit à la chambre de la dame qui l'attendait

Au point du jour, le mari rentra. Les plaids de Senlis avaient été remis à la semaine suivante, et il revenait chez lui coucher ; mais imaginez quel fut son étonnement, quand, en entrant dans la cour, il vit un cheval, des chiens et un épervier. Il soupçonna quelqu'un auprès de sa femme et monta rapidement chez elle pour s'en éclaircir. Le chevalier heureusement l'entendit monter. Il saisit à la hâte ce qu'il put de ses habillements et se précipita dans la ruelle, où il se tapit. La dame, pour le cacher, jeta sur lui son manteau et son péliçon ; mais il était si pressé qu'il n'eut pas le temps de prendre sa robe : elle se trouvait sur un coffre auprès du lit, et ce fut le premier objet que le vavasseur aperçut.

---

33 Le vavasseur était celui qui tenait un arrière-fief, c'est-à-dire dont la terre n'avait que moyenne et basse justice, et relevait d'un seigneur qui lui-même était vassal d'un autre. Nos jurisconsultes ne sont point trop d'accord sur la signification précise de ce titre, et l'on conçoit que le sort du vavasseur, dépendant du caprice de son suzerain, a dû, selon les lieux et les personnes, varier infiniment.

« Madame, dit-il d'un ton fort sec, que signifie tout cela ? Je viens de voir là-bas un cheval et des chiens ; voici une robe. Qui est venu ici en mon absence ? – Sire, répondit-elle sans se déconcerter, c'est un présent qu'on vous fait. Mais dites-moi, est-ce que vous n'avez pas vu mon frère ? j'en suis surprise ; car il vient de partir dans l'instant, et vous auriez dû le rencontrer. Il est venu hier ici avec cette belle robe. Moi, naïvement et sans intention, je me suis avisée de lâcher dans la conversation que je croyais qu'elle vous irait bien. Je le désire, m'a-t-il répondu, et aussitôt il s'en est dépouillé, me priant de vous faire accepter en même temps, pour donner quelque prix à sa galanterie, ses éperons d'or, ses chiens, son épervier et son palefroi qu'il aime tant. Vous devinez, sire, quelle a été ma réponse à cette offre généreuse ; mais j'ai eu beau dire, beau me fâcher, il n'a rien écouté et a tout laissé chez vous. Recevez donc son cadeau, puisque vous ne pouvez le refuser sans lui faire de la peine. Il ne vous sera pas difficile de trouver bientôt quelque chose qui lui plaise et qui pourra servir à vous acquitter. »

La bourde réussit à merveille. Le vavasseur, naturellement un peu avare, fut enchanté du présent. Cette robe cependant l'humiliait : il aurait voulu que sa femme l'eût exclue du cadeau, et appréhendait qu'on ne le taxât de peu de délicatesse. « Point du tout, sire, on dira que c'est de votre part franchise et complaisance. Rien ne doit être refusé de la main d'un ami, et, pour moi, quand je vois quelqu'un craindre de recevoir, je dis à coup sûr que c'est qu'il a peur de rendre ». Enfin elle parla si bien qu'il avoua qu'elle avait raison et promit de tout garder. Il se coucha ensuite, et Dieu sait comme il fut reçu et baisé, et tout ce qu'on fit pour l'endormir.

Mais à peine commençait-il à ronfler, que la dame poussa du pied son ami : celui-ci alla doucement reprendre sa robe, et remontant sur son cheval, s'en retourna avec ses chiens et son oiseau.
Vers le midi le vavasseur se réveilla, et sa première pensée fut de demander sa belle robe. Son écuyer, qui la veille avait été aux champs tout le jour pour faire travailler les moissonneurs, et qui ne savait ce que signifiait ce discours, lui en apporta une verte qu'il avait. « Eh ! non, ce n'est pas celle-là, c'est la robe écarlate qu'on m'a donnée hier ». La femme le regardant d'un air étonné, lui demanda s'il avait acheté ou emprunté quelque robe à Senlis. « Non, madame ; encore une fois, c'est celle de votre frère. Mais vous devez le savoir mieux que moi, puisque ce matin en arrivant, quand je l'ai trouvée sur ce coffre, vous m'avez dit vous-même que c'était un cadeau qu'il me faisait. – Mon frère ! sire, il y a plus de quatre mois que je ne l'ai vu. Assurément c'est un rêve que vous

avez fait en dormant ; et s'il était venu ici, comme vous le prétendez, il n'eût eu garde de me tenir le propos d'un homme ivre ou d'un fou, et de vous proposer une de ses robes. Laissez cela aux ménétriers, aux jongleurs et à tous ces vagabonds qui chantent pour nous amuser. Votre terre vous rapporte plus de 80 livres ; il y a là de quoi satisfaire toutes vos fantaisies. Achetez un palefroi aussi beau qu'il vous plaira, donnez-vous les habits qui vous feront plaisir, vous le pouvez ; mais songez que vous n'êtes point fait pour porter ceux des autres. – Eh quoi ! ce matin c'était vous qui m'y exhortiez ! À vous entendre, je ne pouvais refuser votre frère sans l'humilier et sans lui faire de la peine. À présent c'est moi qui me déshonore : lequel croire des deux ? – Moi, sire, j'ai pu tenir un pareil discours ! Moi, j'ai été vous dire que mon frère m'avait parlé lorsqu'il n'était pas venu ! En vérité, si je ne savais que vous avez dormi, vous m'inquiéteriez beaucoup ; mais sûrement vous voulez vous amuser. Çà, parlez-moi franchement : de bonne foi, croyez-vous avoir vu ici une robe ?— Oui, certes, je l'ai vue, elle était là, et j'en suis aussi sûr qu'il l'est que je vous vois. – Ah ! doux ami, vous m'alarmez, et il vous est arrivé en route, j'en répondrais, quelque accident que vous ne voulez pas me dire. Regardez-moi : eh ! oui, voilà ce que je craignais ; vos yeux sont jaunes, vous sentez la fièvre ; certainement vous êtes malade. Recouchez-vous, croyez-moi : et puisqu'il a plu à Dieu de troubler votre mémoire, recommandez-vous à Notre-Dame ou à quelque bon saint du paradis, pour qu'ils vous la rendent. Faites vœu d'aller visiter l'église du baron Saint-Jacques : vous reviendrez par celle de monseigneur Saint-Arnoud ; il y a longtemps, si vous m'en eussiez cru, que vous lui auriez promis un cierge aussi grand que vous. »

Quoique tout ce discours commençât à inquiéter le vavasseur, il ne pouvait néanmoins s'ôter de l'esprit qu'il avait vu une robe sur le coffre, et il fit venir tous ses gens pour les interroger à ce sujet. Mais nul d'eux, comme je vous l'ai dit, n'avait vu le chevalier ; et quand même ils eussent été témoins de toute l'aventure, ils se fussent bien gardé de dire autrement que leur maîtresse. L'époux crut donc pour le coup avoir l'esprit troublé ; et sérieusement alarmé de l'accident, il fit vœu d'aller en pèlerinage à Saint-Jacques, et partit effectivement trois jours après.

Messieurs, ce fabliau est fait pour les maris. Il les avertit que c'est être fou que d'ajouter foi à ce qu'ils voient de leurs propres yeux. Pour bien faire et aller leur droit chemin, ils ne doivent croire que ce que disent leurs femmes.

De la Dame qui fit accroire à son mari qu'il avait rêvé
ou Les Cheveux coupés

Puisque Guérin a tant fait que de rimer ce conte, il est juste que sa peine ne soit pas perte due, et il faut que vous ayez la bonté de l'entendre.

La femme d'un chevalier aime un jeune homme. Celui-ci a une sœur mariée, chez laquelle se donnent pendant quelque temps les rendez-vous. L'amant enfin trouve le moyen de s'introduire une nuit chez sa maîtresse : il s'avance à tâtons vers le lit pour la réveiller, mais l'obscurité fait qu'il se trompe et s'adresse au mari. Le chevalier sentant des mains étrangères et croyant avoir affaire à un voleur, le saisit fortement, et, après avoir lutté quelque temps avec lui, il le renverse dans un cuvier qui se trouve là, et crie à sa femme d'apporter bien vite une lumière.

La femme qui ne doute nullement que ce ne soit son ami, répond qu'elle a trop peur pour aller ainsi dans les ténèbres à la cuisine ; mais elle s'offre, si l'époux veut y aller, de tenir le voleur.
Le chevalier le lui fait prendre par les cheveux, en lui recommandant de ne point lâcher, et court allumer sa chandelle et chercher son épée. Pendant ce temps la dame fait évader le galant, après quoi elle court prendre à l'étable un jeune veau, qu'elle porte dans le cuvier et qu'elle saisit par la queue.

Le chevalier, quand il revient et qu'il se voit trompé, soupçonnant ce qui n'est que trop vrai, dit sèchement à sa femme d'aller rejoindre celui qu'elle avait mandé, et la met à la porte. Elle se rend chez sa sœur, où déjà était arrivé le jeune homme, et où l'on se dédommage du contretemps qu'on vient d'éprouver. Mais auparavant elle appelle la servante, et lui promet 5 sous si elle veut aller dans la chambre du chevalier s'asseoir au pied du lit, et là sangloter et gémir de son mieux. La fille, séduite par l'appât du gain, y consent. Le chevalier que le bruit réveille et qui croit entendre sa femme, saute du lit en colère : il la frappe avec un bâton dont il s'était armé à dessein, et il lui coupe les cheveux pour rendre sa honte publique. La servante se sauve enfin, et revient en pleurs raconter ce qui lui est arrivé : on la console en lui promettant de la dédommager plus amplement.

Quelques moments après, la femme, quand elle soupçonne que son époux pourra être rendormi, retourne chez elle, enlève subtilement les cheveux qu'il avait fourrés sous le traversin, met à la place la queue de son veau qu'elle coupe, se déshabille ensuite et se couche tranquillement. Le matin le chevalier, en se réveillant, est fort surpris de la voir à ses côtés, et lui demande de quel front elle ose rester chez lui. « Eh ! où voulez-vous donc que j'aille ? n'êtes-vous pas mon mari ? » Là-dessus grosses injures sur l'aventure de la nuit. La dame affecte le plus grand étonnement, et d'un air sérieux qui le déconcerte, lui demande à son tour s'il rêve ou s'il est devenu fou. Pour la convaincre, il veut montrer les cheveux qu'il lui a coupés, et ne tire que la queue du veau. À cette vue il reste interdit et se croit enchanté. Il tâte, il examine sa femme à qui il ne trouve ni la marque d'un coup ni un cheveu de moins. Celle-ci, profitant de son étourdissement, se plaint avec le ton le plus hautain, des soupçons injurieux qu'il a osé concevoir sur sa vertu. Elle pleure, elle se fâche, elle veut se retirer chez ses parents. Pour l'apaiser, il est obligé de lui demander pardon à mains jointes ; et il reste convaincu que, dans un rêve sans doute, il a été lui-même couper la queue de son veau, croyant couper les cheveux de sa femme ; mais jamais, ajoute-t-il, je n'ai eu un rêve qui m'ait autant frappé que celui-ci.

Le Revenant[34]

Sans un plus long préambule, je vais vous conter une aventure arrivée naguère en Normandie à un chevalier.

Il voulait faire sa mie d'une grande dame, épouse d'un riche seigneur châtelain ; et dans ce dessein, il employa longtemps, sans se décourager, tout ce qu'il put imaginer de moyens pour l'instruire de son amour et parvenir à lui plaire. Vous ennuyer de tout ce détail, c'est ce que je ne ferai point. Je vous dirai seulement qu'il la pressa tant, qu'un jour enfin elle lui demanda comment il pouvait se flatter d'obtenir son cœur, lui qui n'avait encore fait pour elle aucune de ces actions éclatantes capables de rendre sensible une femme qui s'estime. « Vous voulez que je vous aime, ajouta-t-elle en souriant : eh bien ! sachez que jamais je n'aurai d'ami que celui dont je pourrai hautement me glorifier, et qui par plus d'un beau fait d'armes m'aura montré comment sied dans ses mains la lance et l'écu. – Agréez donc, madame, répondit le chevalier, que, pour vous fournir les moyens de vous en convaincre, j'indique avant peu un tournoi à la porte de votre château, et que ce soit votre époux lui-même que j'y défie. Vous pourrez de vos fenêtres apprécier les coups, et juger enfin par vos yeux qui de nous deux est le plus digne de posséder votre cœur. »

La châtelaine le lui permit ; et, d'après cet aveu, il fit annoncer un tournoi où fut invitée, à plus de dix lieues à la ronde, toute la noblesse de la contrée. Jamais on ne vit assemblée plus nombreuse, et jamais on n'en vit une plus redoutable et plus imposante. Vous n'eussiez pu vous empêcher de trembler, quand parut dans la lice cette foule de braves, le haubert sur le corps et le heaume en tête. Ils se partagèrent en deux troupes qui allèrent chacune se placer à leur poste en attendant le moment du combat.

Le tournoi devait s'ouvrir par le défi de l'amant et de l'époux. Ils sortirent des rangs, et la lance au poing, dressés sur leurs étriers, et la tête enfoncée sous l'écu, au signal donné ils s'élancèrent l'un sur l'autre avec le bruit et l'impétuosité de la foudre. Tous deux s'atteignirent, et d'une telle force, que le mari, enlevé avec la selle et les sangles de son cheval, fut jeté au loin sur le sable. Quant au chevalier, il ne parut pas plus ébranlé qu'un rocher ; la lance de son adversaire se brisa comme le verre sur son écu.
La dame qui de ses fenêtres était spectatrice du combat ne vit qu'avec chagrin sans doute son époux vaincu ; mais le vainqueur était son amant,

---

34 Par Pierre d'Anfol

et cette idée la consola.

Que vous dirai-je ? On se mêla ensuite, on se battit avec ardeur, et chacun à l'envi cherchait à se distinguer. Mais malheur et péché vinrent troubler la fête : un chevalier fut tué. Comment et par qui arriva cet accident ? je l'ignore. Il suffit au reste pour interrompre le tournoi. On inhuma le mort sous un orme ; et comme d'ailleurs le jour était fort avancé, l'on se sépara.

La châtelaine qui voulait récompenser son chevalier et lui tenir parole à son tour, lui envoya dire de se rendre au château la nuit, à une certaine heure qu'elle indiqua. Il n'eut garde d'y manquer, et trouva à la porte une suivante qui l'attendait. Sans lui dire un seul mot, celle-ci le prit par la main, lui fit faire dans l'obscurité plusieurs détours pour n'être vus de personne, et le conduisit dans une chambre où elle le laissa, en le priant de ne point s'impatienter. Mais bientôt, soit ennui d'attendre, soit plutôt la fatigue du jour, il s'assoupit.

Obligée d'entrer au lit avec son époux, la dame ne pouvait s'échapper que lorsqu'il serait endormi, et c'est ce qui l'avait retenue si longtemps. Elle accourut enfin, et déjà s'apprêtait à réparer par ses caresses le tourment involontaire qu'elle avait causés à son ami, quand elle le trouva dormant. Il n'est pas possible d'exprimer l'indignation dont la pénétra un manque aussi sensible de respect et d'amour dans un pareil moment. Elle se retira sans prononcer une parole, et l'instant d'après envoya au dormeur sa suivante, avec ordre de sortir sur-le-champ de chez elle, et défense de se trouver jamais dans les lieux où elle pourrait être.

La pucelle alla donc l'éveiller. Il se leva en sursaut ; et croyant parler à la châtelaine, il commença, les yeux encore troublés, à bégayer quelques phrases d'amour et de reconnaissance. « Réservez ces douceurs pour une autre, dit la demoiselle, elles vous seront désormais inutiles ici » ; et alors elle lui annonça ce qu'elle était chargée de lui dire. Interdit et confus, il convint de ses torts ; et sans vouloir excuser une faute inexcusable, il ne songea qu'à la réparer.

Une ruse heureuse, qui lui vint tout-à-coup à l'esprit, lui en fournit le moyen. Avant de sortir, il demanda à voir le mari, prétextant un besoin essentiel de lui parler, et pria la pucelle de lui indiquer la chambre où il reposait. Celle-ci, trompée par le motif qu'on lui alléguait, la lui montra. Le chevalier quitta ses vêtements, ne garda que sa chemise ; et s'avançant avec grand bruit, l'épée à la main, vers le lit des deux époux, il resta ainsi debout près d'eux, sans remuer et sans proférer une parole. Comme leur coutume était de tenir toutes les nuits une lampe allumée, il pouvait également les voir et en être vu. En effet le châtelain, réveillé par le bruit, aperçut à ses pieds ce fantôme tout blanc, dont il fut d'abord effrayé, et d'une voix troublée il s'écria : « Qui es-tu ? – Rassurez-vous, répondit le fantôme. Vous voyez une âme souffrante qui, loin de songer à vous irriter contre elle, ne veut, au contraire, qu'implorer votre bonté. Je suis le chevalier tué aujourd'hui au tournoi. Puni d'une faute que j'ai commise il n'y a pas longtemps envers madame, je viens ici lui en demander mon pardon, et j'y viendrai toutes les nuits jusqu'à ce qu'elle me l'ait accordé, si vous ne daignez, sire, vous joindre à moi pour la fléchir, et dès ce jour obtenir d'elle ma grâce. »

Le mari, dupe de ce stratagème, intercéda de bonne foi pour le chevalier, et pria sa femme d'oublier les torts qu'il pouvait avoir eus. Elle avait très bien reconnu sa voix, mais elle était encore irritée, et refusa de pardonner. Le châtelain, surpris d'un pareil ressentiment, demanda quel était donc ce crime énorme dont le courroux s'étendait jusqu'au-delà du tombeau. « Ma faute est grande sans doute, puisque je ne me plains pas de la punition, répondit le chevalier ; mais je ne puis la dire, car j'en ferais une plus grande encore et mériterais alors la colère dont on m'accable. »

Ce dernier trait de prudence et de soumission acheva de désarmer la dame. « Sire chevalier, dit-elle, retirez-vous, et allez en paix, tout vous est pardonné. – C'est la seule chose que je souhaitais, madame, et que le ciel en récompense vous accorde une vie toujours heureuse. Mais, puisque vous consentez à oublier ma faute, le châtiment va donc finir aussi, et mon bonheur sans doute ne tardera guère à commencer ».
En disant ces mots il se retira ; et la châtelaine, qui reconnut alors la ruse ingénieuse de son ami, se prit à sourire. Ce fut ainsi qu'il regagna son cœur : sans cette adresse il la perdait pour toujours.

TABLE DES MATIERES

INTRODUCTION..7
A) La poésie médiévale..7
B) Fables et fabliaux..9
C) Les conteurs : trouvères, ménestrels et goliards.........11
D) Le présent ouvrage..15

Boivin de Provins...17
Le Boucher d'Abbeville..24
De l'Écureuil..35
Estormi..39
Gombert et les deux clercs.....................................50
Le Pet au vilain..54
Le Prêtre crucifié...56
Le Prêtre Teint..58
Les Tresses...65
Le Vilain de Bailleul...72
Le sentier battu...74
De l'évêque qui bénit sa maîtresse..........................76
De celui qui enferma sa femme dans une tour..........79
Le chevalier à la trappe...83
De la femme qui voulut éprouver son mari..............88
Le Meunier d'Aleus..93
Le consolateur..96
Frère Denise, Cordelier..98

La Bourse pleine de sens..100
De la Vieille qui séduisit la Jeune Femme.....................103
Du pauvre Clerc..105
Auberée..109
Du Chevalier qui confessa sa Femme.............................116
De la Dame qui attrapa un Prêtre, un Prévôt et un Forestier..120
Le Sacristain de Cluny...125
La longue nuit..129
De la Bourgeoise d'Orléans...135
Du Curé qui aimait la Femme d'un Villain...................138
De la Femme qui fit trois fois le tour des murs de l'église
....139
La Robe d'écarlate..143
De la Dame qui fit accroire à son mari qu'il avait rêvé. 146
Le Revenant..148